나이 듦을 받아들일 때 얻는 것들

나이 듦을 받아들일 때 얻는 것들

나카무라 쓰네코, 오쿠다 히로미 지음

박은주 옮김

92세, 54세 정신과 전문의가 전하는
불안 없이 노년을 맞이하는 방법

B 북폴리오

나이 듦을 잘 받아들이자

올해로 아흔두 살이 된, 나이로는 누구에게도 밀리지 않는 나카무라 쓰네코예요(웃음). 1950년대에 나라현립의과대학 정신건강의학과(이하 정신과)를 시작으로 70년 동안 정신과 전문의로 살았습니다. 참으로 우여곡절이 많은 시절이었지요. 고등여학교에 다니다가 군수 공장에 동원되기도 하고, 히로시마를 떠나 홀로 오사카로 가서 현재 간사이의과대학인 오사카여자고등의학전문학교에서 수학했습니다. 그렇게 전문의가 되고 두 살 연상의 이비인후과 의사와 결혼하여 두 아이의 엄마가 되었답니다.

사실 결혼하면 행복한 날들이 가득할 거라고 기대했습니다. 하지만 예상과 달리 오히려 힘든 시간이 기다리고 있었어요. 글쎄 남편이 엄청난 애주가였거든요. 남편은 일에는 성실했지만, 매일 밤 여러 술집을 전전하며 술을 마셔댔고, 집에 돌아와서는 술주정을 했지요. 게다가 가정은 내팽개치고 흥청망청 돈을 쓰고 다녔지요. 그때 내가 할 수 있는 일이라곤 아들 둘을 지켜내면서 동시에 하루 종일 환자를 진료하는 거였어요. 가정을 건사하기 위해서는 선택의 여지가 없었지요. 그렇게 외래 진료와 병동 당직 근무로 바쁜 하루하루를 보냈습니다.

　자식들이 성장하여 독립하고 손자도 생겼을 무렵 동맥경화가 진행되던 남편은 뇌경색을 일으켜 몇 번이나 쓰러졌답니다. 내가 직장을 그만두고서 간병에 전념하려던 참에 흉부 대동맥류 파열로 먼저 세상을 떠나버렸지요. 그렇게 남편을 먼저 떠나보낸 후 집에 우두커니 있다가, 오랫동안 일했던 병원의 권유로 다시 일하게 되었어요.

　그래서 일흔여섯이라는 나이에 주 6일 근무를 하게 되었답니다. 그리고 2년 전, 드디어 은퇴했지요. 나는 그래도 운이 좋았어요. 그저 담담히 제자리를 지키며 일하다 아흔을 맞이하고, 은퇴했으니까요. 하지만 대부분 은퇴를 앞둔 사람들에게는 긴 노후에 대한 불안은 끝이 없을 거예요. 외래 진료를 통해 많은 고령 환자를 상담했던 경험으로 그런 마음을 잘 알지요.

"온몸 여기저기 다 아파 뭘 하기가 겁나요."
"남편, 자식, 며느리와의 사이가 어려워요."
"이삼십 년은 더 살 텐데, 삶의 이유를 모르겠어요."
"말동무도 없고 너무 외로워요."

'인생 100세 시대'라는 말은 듣기에는 좋지만, 노년기에는 한참 일할 때와는 다른 고민과 심신의 변화가 찾아오게 마련이지요. 함께 이야기를 나누며 정리한 오쿠다 히로미 선생도 50대 중반에 접어들면서 매일같이 달라지는 심신의 변화를 느꼈다더군요. 그래서 서로 세대가 다른 정신과 전문의, 우리 둘이 '나이 듦을 받아들일 때 얻는 것들'이라는 주제로 이야기를 나누었어요.

따뜻한 차 한잔하면서 편하게 읽어주세요.

나카무라 쓰네코

어떻게 하면 나이 듦을 즐길 수 있을까?

올해로 쉰넷이 된 정신과 전문의이자 산업의 오쿠다 히로미입니다. 나카무라 쓰네코 선생님을 알게 된 지는 20년 정도 됩니다. 나카무라 선생님과는 나이 차이가 많이 나지만 정신과 전문의로서, 육아를 먼저 경험한 인생 선배로서 선생님을 따르고 있습니다.

이전에 나카무라 선생님의 삶의 방식을 알리는 책을 출간했는데요. 이때 독자들에게 놀랄 만큼 많은 편지를 받았습니다. 그때 중장년층이 '나이 드는 방법'에 대해 많이들 고민한다는 것을 깨달았습니다. 그만큼 세상은 노화에 대한 다양한 정보나 여러 의견이 뒤섞여 혼란스러운 상태라고 보였죠. '고령자의 삶과 나이 듦'을 정리해야겠다고 절감한 계기가 되었습니다.

지금은 다양한 선택을 할 수 있는 풍요로운 시대입니다. 그래서일까요. 오히려 노후에 대한 걱정과 불안이 새롭게 생겨나는 것 같습니다. 나카무라 선생님은 '평생 현역'이라 불릴 만큼 이상적으로 나이 든 삶을 살고 계십니다. 따라서 나카무라 선생님과 함께 '어떻게 하면 나이 듦을 즐길 수 있을까?'를 이야기해 보겠습니다.

이 책에서는 고령자가 될 내가 독자를 대신해서 나이 듦에 대해 나카무라 선생님에게 묻습니다. 아울러 세대가 다른 정신과 의사로서 나이 듦에 대해 선생님과 진지하게 이야기합니다. 또한 고령자의 심신 건강에 도움이 되는 지식도 칼럼에서 소개하고 있으니 함께 즐겨주세요.

오쿠다 히로미

차례

3장

마음을 지금 여기에

1장

/

나이 듦을 받아들일 때
얻는 행복

언제까지나 젊게 살 수 있는 시대,
나이가 들어 좋은 점을 헤아려보자

오쿠다　우리 사회에는 그 누구도 피해 갈 수 없는 나이 듦에 대해 불안을 느끼는 사람이 많습니다. 게다가 일본은 장수국가로도 유명한데요. 그만큼 은퇴하고 긴 노후를 보내는 사람이 많아졌습니다. 그로 인해 남녀 불문하고 많은 사람이 노후를 어떻게 준비하고 살아가야 하는지 고민하고 있습니다. 길게 남은 미래에서 오는 불안을 느끼는 겁니다. 거기에 끝나지 않을 것 같은 코로나19 팬데믹 등으로, 스트레스가 쌓이기만 하

는 요즘입니다. 미래가 보이지 않는다, 희망이 없다는 사람도 급격하게 늘어나고 있습니다. 선생님은 이런 현상에 대해 어떻게 생각하십니까?

나카무라   안타깝게도 저 역시도 그렇게 느껴요. 수명이 늘어나는 것은 좋지만, 그만큼 앞으로 다가올 긴 노후가 걱정이지요.

오쿠다   그래서 저는 여기서 나카무라 쓰네코 선생님과 나이 듦을 어떻게 마주하고, 노후를 어떻게 보내야 할지 허심탄회하게 이야기해 보고 싶습니다.

우리는 오랜 시간 정신과 전문의로 활동하면서 많은 사람의 인생을 접해왔습니다. 그렇기에 사람들에게 도움이 되는 '자연스럽게 나이 드는 방법'에 대해 조금이나마 조언을 해줄 수 있으리라 생각합니다.

나카무라   재밌겠네요. 아흔이 넘은 우리 세대와 오쿠다 선생 세대와는 또 여러 가지 면에서 가치관이 다를 수 있겠지요. 하지만 개인적인 삶의 경험과 환자를 만났던 임상을 바탕으로 생각을 나누는 것은 의미 있게 보여요.

오쿠다   좋습니다. 그럼, 바로 질문하겠습니다. 나이 듦, 늙음이라고 하면 아무래도 부정적인 이미지가 있는데요. 사실 저는 그렇게 부정적으로 생각하지 않습니다. 특히 50대에 접어들고 아무리 발버둥을 쳐도 결국 노화가 찾아왔고, 그 사실을 받아들이니 오히려 마음이 편해 졌거든요. 나이가 들어갈수록 젊음은 잃었지만 그만 큼 얻은 것도 많다고 생각합니다. 나카무라 선생님은 어떻게 생각하시나요?

나카무라 그래요. 아무리 늙는 게 싫다고 해도 나이를 먹으니 매사 편안해지는 장점이 있지요. 특히 젊음이나 아름다움에 얽매이지 않아서 편하지요. 옷이나 머리 모양 같은 매무새를 가다듬을 때 더는 다른 사람의 시 선을 신경 쓰지 않아도 되잖아요.

사람들이 나에 대해 어떻게 생각할까? 초라하다고 생 각하지는 않을까? 신경 쓰지 않은 거 티가 날까? 등을 개의치 않게 되지요. 내가 입고 싶은 옷을 입고, 남이 눈살을 찌푸리지 않는 선에서 내가 하고 싶은 것을 하 면 되거든요. 모든 일에 자유로워졌다고 할까요. 정말 이지, 얼마나 마음이 편한지 모른답니다.

오쿠다 그러세요? 저는 쉰넷이라는 애매한 나이 때문인지, '젊어 보이는 50대 패션' 같은 광고에 눈이 가거든요.

솔직히 이제 유행을 따라 할 나이는 지났습니다만, 젊음이라는 단어에 매혹되는 것 같습니다.

50대가 되어 몸이 처지고, 얼굴에는 깊은 주름도 생겼는데, 혹하는 겁니다. 사실 아무리 옷이나 화장으로 겉모습을 꾸민다고 해도 그만큼 효과가 없습니다. 이제는 부질없다고 느껴집니다. 젊었을 때와 달라도 너무 달라졌습니다.

나카무라 세상이 정말 많이 변했네요. 우리 때는 결혼만 하면 바로 아줌마 취급을 받았지요. 그래서 그리 신경 쓰지 않아도 됐지요(웃음). 아, 그리고 50대면 아줌마는커녕 할머니 취급을 받았답니다. 스스로도 그렇게 여겼지요. 그래서 화장이나 옷도 때와 장소에 따라 남에게 불쾌감을 주지 않을 정도면 괜찮았지요. 옷도 유행에 상관없이 적당히 입었고요.

오쿠다 무슨 뜻인지 알겠습니다. 할머니라는 입장을 받아들이면 편안해진다는 말씀이지요? 선생님은 결혼하면 무조건 아줌마가 되던 시절이었던 거죠. 결혼한 여자를 보통 아줌마라고 불렀으니까요. 그러고 보니, 1969년부터 방송된 애니메이션 〈사자에상〉의 주인공

후구타 사자에의 나이 설정은 스물넷이었습니다. 아버지 나미헤이가 쉰넷이었고, 엄마 후네가 쉰둘이었죠. 그런데 오늘날 우리가 볼 때 사자에는 30대, 나미헤이나 후네는 70대의 분위기를 자아내고 있어 놀라울 따름입니다.

나카무라 그렇네요. 사실 우리 때에는 나이 듦에 대한 어떠한 어색함도 없었답니다. 결혼해서 아이를 가질 즈음부터 여성은 아줌마로, 남성은 아저씨로 한데 묶어버렸지요. 그게 일반적이었어요.

오쿠다 네, 그랬죠. 그런데 요즘 아줌마, 아저씨는 40대부터인 것 같습니다. 30대는 아직 젊음이 넘치는 세대라는 생각입니다. 40대 정도가 되어야 드디어 아줌마, 아저씨 이미지가 생긴다고 할까요. 물론 제 개인적인 생각입니다. 그리고 외모는 얼마든지 젊게 유지할 수 있다고 봅니다. 체력도 마찬가지로 원하는 만큼 키울 수 있고요. 그만큼 활발하게 일이나 취미를 즐길 수 있는 시대가 된 거죠. 물론 돈과 시간이 있어야 가능한 일입니다.

그래서 요즘에는 40대일지라도 노화의 낌새가 전혀

느껴지지 않는 사람이 많습니다. '아직 나는 젊은 사람에게 밀릴 만큼 나이 들지 않았어'라는 마음으로 젊음을 놓지 않는 사람들이 많습니다. 그러다가 50대에 접어들면서 점점 심신이 약해지고, 걷잡을 수 없는 큰 변화에 좌절하는 사람들이 생기는 것 같습니다. 얼굴과 몸에 큰 변화가 생기면서 좋든 싫든 간에 노화를 자각하는 듯합니다.

나카무라 요즘 사람은 50대가 될 때까지도 젊음을 놓지 못하다니 정말 놀랍군요. 우리 때와 비교하면 나이 드는 게 많이 미뤄진 느낌이에요.

오쿠다 맞습니다. 버틸 수 있을 때까지 버티다가 더는 노화를 감출 수 없게 될 때에 비로소 인정하기 시작하죠. 그러면서도 마음 한쪽에는 여전히 '늙고 싶지 않아!'를 외치며 나이 들어가는 사람이 꽤 많습니다. 그래서 '안티에이징'이라는 단어가 사람들 눈길을 끌면서 크게 유행할 수 있었다고 봅니다.

나카무라 안티에이징! 늙어 감을 거부한다는 의미가 강한 단어지요. 우리 때는 그런 단어를 사용하지 않았을뿐더러 그런 개념조차 생소했어요. 노화에 저항하거나 맞서서 젊음을 유지하려고 노력하는 일은 거의 없었지요. 지금 생각해 보니 자연스럽게 늙어 갔다는 생각이 드네요. 나이 듦을 두려워하기보다 매우 자연스러운 일이라고 편안하게 받아들인 거지요.

오쿠다 지금 선생님 말씀에 아주 큰 힌트가 있네요. 나이 듦을 거부하며 젊음에 집착하고 괴로워하는 것보다는 당당히 나이 드는 것이 좋다. 더욱이 늙음을 부정적으로 생각하지 않는다로 정리할 수 있겠습니다. 또한 남의 시선에서 자유로워진다면 더욱 나답고 활기차게 살아갈 듯합니다. 옷차림만 해도 세상 사람들 눈에 휘둘리지 않고, 내가 좋아하고 편안하게 생각하는 옷을 입고 느긋하게 살아가는 편이 더 즐겁습니다.

나카무라 우리 세대는 50대면 으레 할머니 할아버지라고 생각했어요. 따라서 나이 듦에 대한 초조나 불안은 거의 느끼지 않았던 거지요. 옷이나 집 등에 대한 집착도 전혀 없었고요. 그저 자신이 입고 싶은 대로 입고, 꾸미고 싶은 대로 꾸몄지요.

그래서 지금도 즐겨 입는 옷이나 신발들은 오육십 대에 산 것들이 대부분이에요. 유행 같은 건 전혀 신경 쓰지 않았고, 점원의 추천을 받아 내 취향대로 '좋다'고 느낀 것을 샀어요. 그래서인지 92세가 된 지금도 신을 수 있는 신발이 꽤 많답니다. 물론 나이가 들면서 몸은 다소 줄어들기 마련이라 조금씩 고쳐 입고 신지요. 유행과는 달리 내 취향은 사실 크게 변하지 않았거든요.

오쿠다 선생님 이야기를 들으니 제 안에 늙음에 대한 담담함이 찾아옵니다! 미디어나 유행에 휩쓸리지 않고, 나만의 감성으로 물건도 삶의 방식도 스스로 선택해 나가고 싶습니다. 이처럼 젊음에 대한 집착을 잘 내려놓으면서 나이 든다면 몸도 마음도 점점 편해질 듯합니다.

몸이 쇠약해지는 것은 인간의 순리, 나이 듦에 너무 저항하면 불행해진다

오쿠다 앞서 노화 방지에 대해서 이야기도 했습니다만, 요즘에는 나이 드는 것을 두려워하는 중년이 꽤 많은 것 같습니다. 혹시 선생님은 노화에 대해 불안이나 두려

빈센트 반 고흐의 생폴 병원 공원(Parc de l'hôpital Saint-Paul by Vincent van Gogh), 1889

움을 느끼신 적이 없으세요?

나카무라 난 불안이나 두려움은 거의 느끼지 못한 것 같아요. 오히려 왜 그렇게 불안해하는지 의문스럽기도 해요. 사람이 늙는 것은 자연스러운 이치잖아요. 난 말이지요, 그런 것에 신경 쓸 여력도 없었어요. 매일 바쁘게 일하면서 두 아이를 키웠고…… 정신을 차려보니 어느새 손자도 생기고 아흔이 훌쩍 넘어버렸어요. 거울을 보면 고운 얼굴은 사라지고 주름만 자글자글하죠. 그래도 '이게 바로 순리지'라고 받아들여요. 지금은 슬프기보다는 담담하답니다.

오쿠다 우리 세대는 '언제나 젊고 아름답게 사는 인생'이야말로 성공한 인생이라는 메시지를 일 년 내내 듣고 사는 것 같습니다. 텔레비전을 켜면 모든 채널에서 삼사십 대부터는 '노화를 준비해야 한다!'고 부추겨댑니다. 주름 하나, 기미 하나 늘어나는 것조차 겁을 내며 불안해하는 사람들이 주변에도 꽤 많습니다. 이것은 비단 여성에게만 한정된 이야기가 아닙니다. 남성의 경우, 보충제를 다량으로 먹으면 노화를 억제할 수 있다는 광고가 넘쳐납니다. ○○주사를 지속해서 맞으면 정력과 기력을 유지할 수 있다는 부추김은 또 얼마나 많습니까. 사람들은 이런 사회 분위기 때문이라도 젊음을 위해 지속적으로 돈을 쏟아붓는 것에 둔감해진 것처럼 보입니다.

나카무라 그러고 보니 '미용 성형을 했는데 원하는 대로 되지 않았다'며 괴로워하던 외래 환자가 기억나는군요. 그 환자는 그 괴로움 때문에 불면증에 시달렸다죠. 젊은 여성이었는데, 오죽했으면 병원까지 찾았겠어요.

오쿠다 그때 선생님은 어떻게 조언해 주셨나요?

나카무라 "지금도 아주 예뻐요. 너무 외모에만 사로잡혀 있으면 정작 눈앞의 행복을 놓칠 수 있어요."라고 말해줬어요. 그러고는 수면제를 처방했죠. 내 말은 진심이었어요. 그런데 그다음엔 그 환자는 병원에 오지 않았어요. 마음에 평안을 찾아서 오지 않았길 바랐답니다. 젊으니까 할 수 있는 고민이구나! 하고 한 편으로 부럽다는 생각도 들었지요.

오쿠다 아무래도 선생님의 청춘은 생존이 가장 큰 문제였던 시기였죠.

나카무라 맞아요. 나의 20대는 매일 끼니를 챙기기에도 힘겨웠지요. 30대에도 마찬가지긴 했어요. 매일 일하고 아이들을 키우면서 먹고사는 것만으로도 벅찼답니다. 그래서 외모에 대해 고민할 여유 따위는 더욱 없었지요. 그렇게 살았기 때문인지, 오육십 대가 되어서까지 외모 문제로 걱정하는 일은 좀처럼 상상하기 어렵네요.

오쿠다 곰곰이 생각해 보면 애초에 안티에이징이라는 말부터가 부자연스럽습니다. 노화는 인간이라면 누구나 겪는 자연스러운 일로 큰 병이나 어떤 문제도 아닌데 말이죠. 지금 의료 업계에서도 안티에이징을 빌미로 미용 시술을 권하는 의사들이 있습니다. 원래 의학은 아픈 사람을 건강하게 하는 것이 주요한 역할인데 말입니다. 그래서 같은 의사로서 왠지 모르게 거부감이 들기도 합니다.

나카무라 그럴 수 있겠네요. 늙음이 나쁜 일인 양 말하니까 그런 게 아닌가 싶어요. 주름이나 기미가 생기는 게 마치 병처럼 두려운 거지요. 그런데 나이 칠십이 넘었는데도 주름과 기미가 없다고 생각해 보세요. 젊은 여성처럼 팽팽하다면요. 상상만으로도 무시무시한데요. 자연의 순리를 거스르면서까지 늙는 것을 거부하면 오히려 불행해지지 않을까요?

오쿠다 그러네요. 옛날부터 불로장생을 쫓다가 불행해졌다는 이야기는 저도 들어봤습니다. 영원한 삶을 꿈꾸며 불로초를 찾아다니다 오히려 일찍 죽었다는 진시황이 생각나는군요. 또 인어 고기를 먹고 불로불사가 되어 고통받았던 팔백 비구니(일본 전설 속 인물로 인어 고기를 먹고 800년간 살았다고 함 – 옮긴이) 전설도 떠오릅니다.

나카무라 맞아요. 옛날이야기나 전설에서 그런 예를 심심치 않게 볼 수 있지요. 아까도 말했지만 우리 때의 젊음이나 아름다움은 아직 결혼하지 않은, 25세 전의 미혼 여성이 바라는 거였지요. 결혼해서 아이가 생기면 모두 아줌마!로 돌변했으니까요.

게다가 아시다시피 내 경우에는 남편이 집에 돈을 벌어오지 않았어요. 나 혼자 고스란히 가정을 책임져야 했죠. 그때는 생계를 위해 죽자 살자 일할 수밖에 없었어요. 그래서 외모에 신경 쓸 여유는 더더욱 없었나 봐요. 그런 상황에서 안티에이징은 말할 것도 없지요. 어떤 의미에서 보면 가난한 시대에 태어나서 좋은 점도 있네요(웃음). 그런데 지금은 뭐든지 풍족해서 돈만 내면 겉모습은 얼마든지 꾸밀 수 있으니, 참 다르네요. 아무리 나이를 먹어도 젊음이나 아름다움을 단념할 수는 없는가 봐요.

오쿠다 하지만 선생님, 아무리 최신 기술을 사용하는 의료일지라도 끝내 노화를 완전히 피할 수는 없잖아요. 저는 사람들이 노화 방지하기 위해 애쓰다가 결국 괴로움에 빠진다는 사실을 알았으면 좋겠습니다. 불교에서 말하는, '집착'에서 자유롭길 바랍니다. 2,500년 전 부처는 '이렇게 되어야 해'라는 지나친 집착에 대해 가르침을 주었는데요. 바꿔 말하면 '나이가 들어도 젊고 예쁘면 좋겠어, 늙기 싫어' 등의 강한 집착이 현실에서 이루어지지 않기에 현실을 더욱 고통스럽게 한다는 거죠.

나카무라 오쿠다 선생은 불교를 좋아하는구나(웃음). 물론 나도 같은 생각이에요. 주름 때문에 끙끙 앓거나 우울해지는 사람을 보면 말해주고 싶지요. 그 시간과 에너지를 다른 좋은 곳에 쓰면 어떻겠냐고 슬쩍 말해주고 싶다니까요.

지금은 안전하고 편리하게 가고 싶은 곳에 자유롭게

갈 수 있어요. 맛있는 음식도 길에 넘쳐나지요. 또 일도 취미도 예전과는 비교할 수 없을 정도로 다양하게 즐길 수 있잖아요. 그러니 몸이 아프거나 쇠약해지기 전에 좀 더 재미나게 살았으면 좋겠어요. '집착'하지 말고요(웃음).

오쿠다　노화는 자연스러운 현상이다, 미련 없이 담담하게 받아들이자, 쓸데없는 데 마음 휘둘리지 말자는 말씀이죠? 좁았던 시야가 확 넓어지는 느낌입니다. 나이 듦, 늙음에 대한 불안과 두려움을 내려놓게 되면 저절로 마음의 평화도 얻게 되리라 생각합니다.

저도 선생님처럼 내 나이와 자연스럽게 어울려가면서 안티에이징에 고통받지 않을 정도로 적당히 멋 부리고 즐기고 싶습니다.

나카무라　그게 가장 좋지요. 원래 멋 부리기나 화장은 내 기분이 좋아지려고 하는 것인데 되레 괴로움을 낳는다면 주객이 전도되는 것과 다름없지요.

주연에서 조연으로, 새로운 역할을
받아들이면 '근사한 노인'이 된다

오쿠다　생각해 보니 제 머릿속에 근사한 노인 이미지는 연륜
이 묻어나는 주름이 있고 은발로 물든 자연스러운 모
습입니다. 그런데 칠팔십이 넘은 고령자인데도 주름
하나 없는, 나이에 걸맞지 않은 사람을 만나게 된다면
어떨까요? 오히려 사람으로서의 깊이나 신뢰가 느껴
지지 않을 듯합니다.

반면에 선생님께서는 세월의 흔적이 자연스럽게 느껴
져서 젊은 사람들이 존경하고 더욱 신뢰하게 되는 것
같습니다.

나카무라　내가 그렇게 근사한 노인은 아니지만, 외래에서 환자
에게 조언할 때는 내 얼굴의 주름, 기미 하나하나
가 설득력을 더하는 것도 사실이지요(웃음). 특별한
말을 하지 않더라도, 40대 때와 비교해 보면 같은 조
언인데도 불구하고 확실히 더 쉽게 받아들인답니다.

우리가 지난번에 낸 책 영향도 있을 거 같고요. 그땐
여든여덟 살 할머니가 하는 이야기라서 많은 사람이

읽었을 테지요.

오쿠다 　네, 그런 영향도 있겠네요. 그런데 선생님, '주름은 그 사람의 연륜'이라고도 하는데요. 선생님께서는 나이를 자연스럽게 받아들이기 때문에 평온하고, 그 온화하고 인자한 분위기가 얼굴에 완연히 드러나는 것 같습니다.

나카무라 　그렇게 말해주니 고마워요. 하나 당부하고 싶은 말이 생각났어요. 노년에 접어들었는데 여전히 젊은 사람과 경쟁하려는 것은 어리석다는 생각이요. 대체로 인간은 50세가 넘으면 외모뿐만이 아니라 몸도 마음도 인생의 정점에서 천천히 내려가거든요. 그러니 적어도 예순 정도가 되면 주연 자리는 이제 젊은 사람에게 양보해야 한다고 생각해요.

오쿠다 　네, 그렇군요. 주변에서 보면, 우리가 존경하는 고령자는 대부분 젊어 보이려고 애쓰지 않고, 늘 겸손하신 것 같습니다. 그리고 젊은 사람들이 제대로 활약할 수 있는 환경을 만들고 도와줍니다. 선생님께서 제가 젊었을 때 해주신 것처럼요. 누구든 조언을 구하면 일에 있어서든 인생에 있어서든 여러 가지 지혜를 아낌없이

들려주셨죠. 선생님, 기억나시나요?

나카무라 네, 물론 기억하지요. 난 그게 당연한 거라고 생각했어요. 정년이 가까이 다가오고 60세가 넘어서는 몸도 마음도 노쇠해졌어요. 그런 상황에서 언제까지나 세상의 주인공으로 산다는 건 너무 힘들어요. 젊은 사람들에게 조언하며 잘 살아갈 수 있도록 돕는 편이 세상도 점점 활기차진다고 생각했답니다. 물론 나도 그쪽이 훨씬 편하고요.

오쿠다 주변에도 선생님처럼 자신의 역할 변화를 스스럼없이 받아들이고, 젊은 세대를 응원하는 분들이 계시는데요. 사람들은 그런 분들을 존경하고 칭송하며 본받고 싶어 하는 듯합니다.

나카무라 그래요. 젊은 사람들이 공을 잘 세울 수 있도록 도와주는 일은 참으로 좋은 일이에요. 나도 이제 나이가 있기에 한 사람의 몫을 온전히 감당하기에 벅찰 때가 있어요. 하지만 젊은 세대가 부탁하면 조금이라도 도움이 되고 싶어서 보통은 다 들어주는 편이에요.

오쿠다 그런 마음으로 88세까지는 주 6일 근무, 89세가 되어서도 주 4일 근무로 계속 일하셨군요.

나카무라 그렇다고 할 수 있지요. 더 할 수 있을 것도 같았는데요. 갈수록 다리와 허리가 약해지는 바람에 어쩔 수가 없더라고요. 그래서 아흔이 넘어서는 주 1일 근무로 줄였지요. 그러다 일 년 뒤 다리가 부러지면서 결국 아흔하나에 은퇴했지요.

오쿠다 나이가 들면 조연이 되는 건 당연하다. 젊은 세대의 힘이 된다면 그걸로 만족한다라는 겸허한 자세와 마음가짐을 저도 깊이 새겨야겠습니다. 선생님의 그런 마음이 직장에서 계속 일할 수 있는 원동력이 되었나 봅니다.

젊음이든 능력이든 젊은 세대를 경쟁자로 보지 않는 태도가 선생님처럼 노년에 사랑받는 비결이기도 하고요.

일도 육아도 60대부터는
새로운 풍경으로 다가온다

나카무라 역할의 변화를 말하자면 자녀가 있는 사람은 나이가 들면 육아의 책임에서도 해방되지요. 30대에서부터 50대 무렵까지는 아빠도, 엄마도 여러 가지로 마음고생이 끊이지 않잖아요.

오쿠다 저도 대학생과 고등학생 아들이 있는데, 글쎄 아직도 두 녀석들에게 휘둘리며 살고 있습니다.

나카무라 근데 그것도 한때지요. 아이들이 성인이 되면 한숨 돌리거든요. 물론 손주들에게 신경 쓰는 사람들도 있지만요. 지금은 내가 아이를 키우던 시대와는 책임감이 하늘과 땅 차이 같아요. 지금 아들 부부와 옆집에 살고 있지만, 아들 부부가 육아로 고군분투해도 '잘할 수 있어!'라고 마음속으로 응원하는 정도예요.

오쿠다 저는 아직 두 아들을 키우려면 좀 더 일해야 하기에 지금의 선생님이 너무 부럽습니다. 두 아이의 교육비를 벌기 위해서는 일은 필수죠. 교육비의 부담이 없어지면 조금 더 여유를 가지고 일할 수 있을 텐데요. 저는 그날을 매일 손꼽아 기다리고 있습니다(웃음).

나카무라 괜찮아요. 자녀가 독립하고 나면 일도 생활도 점점 여유가 생겨서 편해진답니다. 나는 아이들을 모두 키우고 나서도 의사 일을 계속했는데, 60대부터는 마음가짐이 전혀 달라요. 그전까지는 선생과 마찬가지로 가족을 부양하거나 생계를 위해서 벌지 않으면 안 되었기에 온 힘을 다해 일해 왔지요.

일이 없어지면 금세 곤란해지기에 원장님이 시키는 일은 뭐든 무조건 '네, 네.'하며 받들었지요. 우리는 윗사람에게는 '아니요'라고 말하면 안 된다고 학습된 세대잖아요. 위에서 시키는 대로 일하고, 주어진 일도 책임감 있게 성실히 하려고 했지요.

오쿠다 예나 지금이나 부모는 자식 뒷바라지에 큰 부담을 느끼며 일하는 것 같습니다. 가정을 위해서라며 삶의 보람을 느낄 때도 있지만, 때로는 "아, 너무 힘들다……." 라는 말이 절로 나올 정도로 힘에 부치기도 합니다. 그런데 선생님께서는 자녀들이 장성해서 스스로 돈을 벌 수 있게 되면서부터는 마음에 변화가 꽤 있으셨나 봅니다.

나카무라 그랬지요. 아이들이 독립하고 나니, 언제든지 일을 그만두어도 이제는 괜찮아. 사람들에게 도움이 될 수 있으면 무리하지 않는 선에서 일하자는 마음이 생기더라고요. 많이 편안해졌지요. 직장에서도 내가 중심이 되어 많은 일을 맡기보다는 젊은 사람들을 받쳐 주는 역할을 하자고 생각하게 되었지요.

게다가 60대가 넘어가면서 병원에서도 내 나이가 있으니, 너무 무리하면 오히려 병이 날 수도 있다면서 점점 일을 줄여주었답니다. 인생은 참으로 재미있지요 (웃음)?

오쿠다   그러네요. 기업에서도 보면 60대가 넘은 재고용 인력에게는 현역 때처럼 성과나 결과를 요구하지 않고 있습니다. 어찌 보면 서운한 일일 수도 있지만, 생각을 바꿔보면 젊었을 때처럼 성과나 책임에 쫓기지 않고 편하게 일할 수 있겠네요.

나카무라   선생이 핵심을 잘 짚었어요. 어느 시대를 막론하고 사회는 30대에서 50대까지가 중심이 되어 돌아가고 있지요. 따라서 60대부터는 그러한 사회와 사람들에게 도움을 주는 역할을 하는 것 같아요. 노인일지라도 도움이 될 수 있는 한 공헌하자, 뭐 그런 뜻이지요.

오쿠다   가정이나 직장에서 더는 중심이 아니라 조연이 되어가지만, 그것은 서운한 일이 아니라 책임이나 압박에서 하나씩 자유로워진다는 것이군요! 나이가 들면서 일로 인한 스트레스도 가벼워진다면 늙음도 그다지 나쁘지 않네요.

기력과 체력이 점점 약해져도 괜찮다,
오히려 욕심이 없어져 마음 편히 살 수 있다

나카무라 나이가 들면 역할뿐만이 아니라 나를 옭아매던 욕심에서도 점점 자유로워져요. 때마침 기력이나 체력이 떨어지기에 '이것도 하고 저것도 하고 싶은데' 같은 갈망이 점점 옅어집니다. 일이든 사생활이든 상관없이 '작은 역할이라도 좋아! 오히려 그게 더 편해!'라고 생각하게 되는 거지요.

오쿠다 저 같은 경우도 정말 50세가 지나면서부터 왕성했던 욕심이 서서히 줄었습니다. 일이나 취미를 통해 자아실현을 한다든지, 더 열심히 살아야지라는 마음이 점점 희미해지는 듯합니다.

나카무라 자아실현 좋지요. 우리 세대와는 다르게 요즘 젊은 친구들은 자아실현에 대한 고민이 많은 것 같아요. '일이

나랑 맞지 않아, 삶이 만족스럽지 않아' 등의 이유로 우울을 호소하며 병원에 찾아오는 사람도 종종 볼 수 있지요.

오쿠다 산업의로 일하면서, 비슷한 고민으로 찾아오는 환자를 많이 보았습니다. 저 역시도 20대부터 40대까지는 늘 자아실현을 추구했던 것 같습니다.

나카무라 우리 세대는 애초에 '무언가를 통해 자아를 실현한다' 라는 감각조차 없었지요. 그래서 지금 젊은 사람 마음을 충분히 알 수는 없는가 봐요.

나에게 있어서 일은 가족이 밥을 먹고 생활하기 위한 수단이었기 때문이지요. 좋든 싫든 엄청나게 힘든 일이 아닌 이상 월급을 받고, 사람답게 살 수 있다면 그걸로 만족했답니다.

오쿠다 확실히 우리 세대부터는 돈을 벌기 위해서만 일하지 않았습니다. 일하는 목적이 자신의 역량을 발휘하거나 자기 계발이라는 인식이 생겨 지금에 이르게 되었습니다. 요즘 젊은 사람은 학창 시절부터 장래 계획을 세우라고 교육받고 있습니다. 따라서 사회에 나가서 일이 자신의 이상과 다르거나 계획대로 되지 않으면 불안하거나 걱정되나 봅니다. 타인에게 자신이 원하는 평가를 받지 못하면 우울해지는 거죠.

나카무라 많이 힘들겠네요. 그런 생각에 하루 종일 사로잡혀 있으면 병이 날 텐데요. 결국 회사란 남이 만든 돈벌이 상자에 불과한데 말이지요. 회사는 어디까지나 남이 만든 정원이기에 내가 원하는 꽃을 심지 못한다고 너무 괴로워하지 않으면 좋겠어요. 남이 빛을 발하든 출세를 하든 간에 자기 밥벌이를 할 수 있는 것에 만족한다면 그것만으로도 충분하지 않을까요? 우리가 일하는 가장 큰 목적은 나와 가족이 생활하면서 행복하게 살기 위해서잖아요.

오쿠다 선생님과 알고 지내면서 저 또한 점점 그렇게 생각하게 됩니다. 특히 서른이 넘어서 남편 일로 도쿄에 살게 되면서부터는 더욱 그랬습니다. 남편 월급이 줄고 두 아이가 태어나면서 제가 가정의 생계를 맡게 되었습니다. 그때부터 오로지 먹고살기 위해 일했습니다. 그러면서 점점 나에 대한 욕심과 미련은 모두 버리게 되었죠.

'우선 가족을 건사할 수 있다면 그것으로 충분해. 나중에 여유가 생기면 그때 가서 자아실현을 생각하자'라고 생각했죠.

나카무라 잘하셨네요.

오쿠다 물론 삼사십 대에는 경력을 위해 자격증을 따거나 새로운 업무 기술을 습득하기 위해 노력했습니다. 하지만 50세가 넘어서면서는 일에 있어서 내 인생의 결승점이 어느 정도 보이기 시작했고, 중요한 일을 담당하는 세대도 나보다는 젊은 세대로 자연스럽게 옮겨갔죠. 그렇게 슬슬 현역으로 활동할 시간의 끄트머리에 다다르고 있다는 것을 깨닫고, 받아들이면서부터는 마음이 꽤 편해졌습니다. 이 또한 나이 듦의 가치겠죠.

나카무라 그걸로 충분해요. 많은 환자를 봤지만, 죽을 때는 지위나 명예, 모든 게 필요가 없더라고요. 저세상에 갈 때는 아무것도 가져갈 수 없잖아요. 내가 어떤 활약을 했건, 어떤 삶을 살았건 모든 인간은 언젠가 반드시 죽는답니다.

그러니 인상을 쓰면서까지 일을 통해 자아실현을 해야 한다거나, 인생을 충실하게 살아야 한다고 스트레스받을 필요가 없다는 거지요. 당장 눈앞에 펼쳐진 일을 차근차근 해내며 속 편하게 살아가는 편이 더 나을 것 같지 않나요?

오쿠다 그것을 언제 깨달을지가 중요합니다. 전후에 풍족하게 자란 우리 세대 이후의 젊은 사람들은 많든 적든 간에 '자아실현을 해야 해, 일도 삶도 충실해야 해'라며 자기 자신을 옭아매고 있습니다.

젊은 세대 사이에서는 이러한 사람을 '리얼충(현실 생활에 충실한 사람)'이라고 부르기도 합니다. 어쨌든 '타인에게 인정받는 충실한 인생을 살지 못하면 부끄럽다'라는 묘한 부담감을 가지고 있는 거죠.

하지만 현역에서 은퇴하고 늙어가면서 드디어 자신을 옭아매던 올가미에서 벗어나는 것 같습니다. 일이든 가정이든 다양한 역할에서 벗어나 더는 주변과 경쟁하거나 비교하지 않아도 되는 것이죠. 그렇게 되면 세상이나 남의 눈을 의식하지 않고 진정으로 원하는 것을 받아들여서 편안하게 살아갈 수 있을 겁니다.

나카무라 맞아요. 저처럼 92세까지 살면 아무것도 지킬 필요가 없고, 바라는 것도 없어져요. 매일 가벼운 마음으로 일어나서 집안일 좀 하고 잠깐 일하지요. 단순히 먹고 자는 느낌이랄까요. 또 일선에서 물러나면 사람들과의 관계도 최소한이 되어서 좋아져요. 그러면 쓸데없는 세상살이와도 점점 멀어지게 된답니다.

이러한 단조로운 생활은 젊은 사람에게는 지루해 보이겠지만, 서서히 체력과 기력이 쇠약해져 가는 나에게는 딱 맞는 삶이랍니다. 이 나이가 되니 먼 곳으로 여행하기에는 체력적으로 너무 힘들어요. 그래서 텔레비전에서 보는 것만으로도 만족하지요. 가끔 아들이나 손자를 만나서 이런저런 이야기를 하는 것만으로도 행복하고요. 이거야말로 진정한 리얼충 아닌가요(웃음)?

스타니슬라브 주콥스키의 작은 마을의 여름 초원(Summer Meadow, Pobojka by Stanislav Zhukovsky), 1938경

칼럼

불로불사에 얽힌 옛이야기

'불로불사를 너무 쫓으면 불행해진다'는 증거는 전 세계 곳곳에서 전설이나 구전의 형태로 많이 남아있습니다.

예를 들어 볼까요?

기원전 221년에 처음으로 중국 전역을 통일한 진시황이 그렇습니다. 이 위대한 황제는 광대한 중국의 주인이 되어 중앙집권화 같은 획기적인 정치개혁을 한 인물로 유명합니다. 그런데 그토록 현명한 황제도 말년에는 불로불사를 동경하며 집착하게 됩니다.

진시황의 명을 따라 불로장생약을 찾아 떠난 서복을 비롯한 신하들은 전 세계로 보내져서 각종 약을 찾았지만, 진시황은 결국 49세의 나이로 죽음을 맞이합니다. 지금으로 보면 참 젊은 나이죠. 일설에 의하면 독성이 강한 중금속 수은을 불로장생약으로 믿고 꾸준히 마셔서 수명을 단축했다는 말도 있습니다.

참고로, 지금도 조사하고 있는 진시황릉의 병마용에는 수은으로 만든 강과 바다의 흔적이 있다고 합니다.

또한 일본에는 인어 고기를 먹고 불로불사가 되어 고통받은 팔백 비구니의 전설이 유명합니다. 헤이안시대 어느 어부의 딸은 인어 고기를 먹고 영원한 생명과 미모를 손에 넣습니다. 그런데 몇 번을 결혼해도 남편을 먼저 여의게 되고, 그에 절망해서 출가를 결심합니다. 그녀는 팔백 비구니가 되어 자기 죽음을 바라며 전국을 떠돌아다닙니다. 그리고 드디어 800세가 되어 입정(고승의 죽음을 의미)하고 편안히 하늘로 갈 수 있게 되었습니다.

어찌 보면 이러한 전설이 전해지고 있는 것 자체가 '젊음이나 장수하는 것에 너무 집착하면 도리어 불행해질 수 있다'라는 선조들의 조언이 아닐까요.

2장

/

인간관계를
서서히 내려놓는다

남의 마음을 움직이려고 하면 힘들어진다,
포기하면 오히려 인간관계가 순조로워진다

오쿠다   아무리 나이가 들어도 인간관계 때문에 고민하는 사
람은 여전히 많은 듯싶습니다. 외래 진료를 볼 때, 육
칠십 대 환자조차 인간관계에서 오는 문제로 괴로워
하는 것을 본 적이 있습니다. 물론 저도 때때로 고민합
니다. 아마 우리가 살아있는 한, 인간관계에서 오는 괴
로운 문제는 늘 따라다닐 수밖에 없어 보이는데요.

나카무라   그래요. 나도 지금까지 살아오면서 여러 가지 문제를
두고 끝없이 고민했답니다. 지금도 고민이 전혀 없다

고 말한다면 거짓말이겠지요. 예전에는 남편과의 관계가 가장 힘들었어요. 남편은 매일 밤 술에 취해 들어오는 변변치 않은 술꾼이었답니다. 생활비는 아주 조금만 집에 가져다주었고, 육아도 집안일도 그 무엇 하나 도와주지 않았지요.

게다가 술에 취하면 나와 아이들을 붙잡고는 몇 시간이나 했던 말을 또 하며 잔소리하는 몹시 나쁜 버릇까지 있었답니다. 그래서 몇 번이나 이혼할 생각도 했었지요. 그런데 말이죠. 나이가 드니 좋은 방향으로 인간관계의 고민도 사라져버리는 것 같아요. 남편과의 사이도 환갑을 지나면서부터 몹시 편해졌어요.

오쿠다   그러셨군요. 선생님께서는 부군과의 부부관계 때문에 몹시 고생하셨네요. 힘들 땐 어떻게 마음을 다잡으셨나요?

나카무라   특별한 건 없어요. 그저 내려놓았다고 할 수 있지요. 우선, 남편에게 무슨 말을 해도 변하지 않을 거라고 생각하고 있는 그대로 받아들이기로 마음먹었답니다. 다음으로, 그러면 나는 어떻게 해야 할까를 생각했는데, 특히 예전에는 이혼하면 자녀의 결혼이나 취직에

지장이 생길까 봐 걱정을 많이 했잖아요.

그래서 아이들이 모두 결혼할 때까지는 이혼하지 말자고 결정했어요. 그렇게 결정한 이상 마음을 굳게 먹고 남편을 받아들이며 그 사람과의 합의점을 찾아나가기로 했지요.

오쿠다 마음을 굳게 먹고 그대로 받아들인다인가요? 다른 사람들과의 관계에서도 적용해 볼 법하네요. 상대를 바꾸려고 하거나 남의 마음을 움직여 상황을 바꾸려는 마음을 내려놓지 않으면 고민은 줄어들지 않죠. '내가 그만큼 부탁하고 이렇게 노력했는데, 왜 그 사람은 변하지 않는 거지? 왜 내 마음을 알아주지 않는 거야!'라며 끙끙 앓겠죠.

환자를 상담해 봐도 '난 변하고 싶지 않아요. 그 사람이 바뀌어야 해요.'라고 강하게 생각하는 사람일수록 치료하기 힘들었습니다. 그런 환자는 마음의 안정을 얻기까지 꽤 시간이 걸리겠다고 생각했었죠.

나카무라 맞아요. 나도 그렇게 생각해요. 나 또한 남편을 변화시키겠다고 노력하던 때가 가장 괴롭고 힘들었어요. 더는 참지 못하고 분통을 터뜨리거나 모든 것이 후회돼서 슬퍼지기도 했지요. 그런데 '남편은 절대로 바뀌지 않아'라고 단념하니, 오히려 마음이 안정되어 화를 내거나 슬퍼하는 감정이 점점 약해졌지요.

오쿠다 우선 사람은 바뀌지 않는다고 받아들이는 게 중요하네요. 그러고 나서 어떻게 할지를 백 퍼센트 자기 의사로 결정하면 되는 거군요.

나카무라 바로 그거예요. 자기가 결정한 일이라면 좀 더 쉽게 받아들일 수 있잖아요? 아이들이 결혼할 때까지는 이혼하지 않겠다고 결정하고 나니, 어떻게 남편과 타협점을 맞추어야 하는지 생각하게 되었어요.

오쿠다 구체적으로 어떻게 타협하셨나요?

나카무라 우선 직장에서 일할 때는 온 힘을 다해 남편에 관한 생각을 머릿속에서 털어냈어요. 정신과 의사로서 일은 어렵고 힘들었지만, 그만큼 보람도 있었답니다. 그래서 병원에서는 될 수 있으면 스트레스를 줄이고 즐겁게 일하려고 노력했지요.

오쿠다 선생님은 가정에서 오는 스트레스를 피해 일에 몰두하면서 마음의 균형을 유지하셨군요.

아무리 노력해도 바꿀 수 없는 스트레스 요인이 있다

면 그 스트레스를 받지 않는 다른 환경을 만드는 것도 중요하겠군요.

내가 기대하지 않으면
상대방도 기대하지 않는다

오쿠다 선생님처럼 가정에서의 스트레스를 일로 잊으려 해도, 직장에서의 인간관계가 또 다른 스트레스 요인이 되기도 합니다. 요즘은 직장에서 오는 인간관계 문제로 스트레스를 받아 마음의 병이 생기는 사람들도 꽤 많습니다.

나카무라 그렇지요. 저도 외래에서 그런 상담을 종종 해왔기 때문에, 직장 내 인간관계에 대한 스트레스가 얼마나 심한지 이해할 수 있답니다. 다만 내가 상담으로 한 가지 알게 된 사실은, 요즘 사람들은 상대방에게 바라는 것이 몹시 많다는 거예요. '상사는 내가 하고 싶은 일을 할 수 있도록 기회를 주지 않아'라든가, '부하가 제대로 일하면 좋겠어'라든가 말이지요.

그러한 고민을 보면서 느낀 건데요. 나는 일에서 '이것은 하고 싶고 저것은 하기 싫다'하는 욕구가 거의 없었답니다. 그저 주어진 일을 묵묵히 했을 뿐이지요. 생각해 보니, 상사에 대해서도 크게 불만을 느낀 적이 없네요.

오쿠다 선생님께서는 일을 통한 자아실현보다는 생계를 위해 일하셨던 게 큰 것 같습니다. 그 욕심 없는 마음가짐이야말로 직장에서 불필요한 스트레스를 낳지 않는 중요한 요인이라고 생각합니다.

나카무라 그랬지요. 출세하고 싶다거나 인정받고 싶다는 생각은 아예 하지 않았으니까요. 직장에서 가장 낮은 위치에 있는 것처럼 보여도 괜찮으니, 나에게 주어진 일은 확실히 하자고 생각했지요. 그래서 돈을 받으면 그걸로 충분하다고 스스로에게도 분명히 말했지요.

오쿠다 앞서 이야기했지만, 지금은 '자아실현의 굴레'에 빠져 있는 사람이 많아서 좀처럼 선생님과 같은 마음가짐으로 일하기란 쉽지 않습니다. 바라는 것이 많으면 많을수록, 목표가 높으면 높을수록 현실과의 괴리에 불만을 느끼고 스트레스를 받게 됩니다.

그렇기에 내가 일에서 힘들다고 느낄 때는 우선 자기 목표와 바람을 조금 낮추는 게 필요합니다. 그와 더불어 내가 상대에 대해 과도하게 기대하는 건 아닌지도 확인해 보면 좋겠죠.

나카무라 맞아요. 꼭 목표를 높게 세우는 것이 좋다고만은 할 수 없지만, 나처럼 목표나 꿈이 너무 작아도 문제예요(웃음). 그래도 자신을 괴롭히면서까지 이루어야 한다면 그 목표는 조금 수정하는 편이 좋겠지요.

오쿠다 타인과 관계 맺기, 선생님은 어떠셨어요? 나와 성격이 맞지 않거나 무례한 사람을 만나면 화가 나거나 밉지 않으신가요?

나카무라 물론 나와 성격이 맞지 않은 사람도 있지요. 그런데 그런 사람은 어디든 꼭 있기 마련입니다. 따라서 그런 사람하고는 가능한 한 부딪히지 않도록 거리를 유지하는 수밖에 없지요.

오쿠다 이때도 앞서 말한 내려놓기가 중요하군요.

나카무라 맞아요. 사람은 그렇게 쉽게 변하지 않으니까요. 게다가 애초에 나 또한 누군가에게 설교를 늘어놓을 정도로 대단한 인물은 아니고요. 그렇게 생각하며 최소한

의 관계만을 유지했더니, 심하게 화가 나는 일은 좀처럼 없었답니다.

오쿠다 　그러셨군요. 그래서 선생님은 직장에서도 깔끔하게 내려놓고 위치를 잡는 방식으로 대응하셨던 거군요. 그런데 조금 집요한 질문일지도 모르지만, 어쩔 수 없이 나와 맞지 않는 사람과 함께 일해야 할 때도 있잖아요. 예를 들어 내가 부탁한 일을 제대로 해주지 않거나 일하는 방식이 서로 맞지 않으면 선생님은 어떻게 하시나요?

나카무라 　그럴 때는 요즘 젊은 사람들이 말하는 밀고 당기기가 필요해요. 우선 공격적으로 대응하지 않도록 '나는 이렇게 생각하는데 당신은 어떤가요?'라고 말합니다. 또는 '당신이 그렇게 하는 방식에는 이유가 있나요?'라고 할 수 있지요.

일하는 방식을 바꾸길 바란다면 '나는 이 방법이 좋다고 생각하는데, 괜찮으면 이 방법으로 해보면 어떨까요?'라고 제안하기도 하고요. 가능한 한 상대방을 비난하지 않고 부탁하는 게 요령인 것 같아요.

오쿠다 　무슨 말인지 알겠습니다. 처음부터 상대방을 적대시

하거나 일방적으로 단점을 지적하지 말고, 이야기하면서 서로의 입장이나 상황을 이해한다는 말씀이시군요. 하긴 상대방과 맞선다고 해도 좋을 건 없죠. 회사에서든, 사적으로든 먼저 상대방의 요구나 의견을 차분히 들어보는 것이 중요하겠네요.

가령 회사원을 대상으로 상담할 때 느끼는 부분인데요. 상대방 이야기는 제대로 듣지 않고 자기 생각에 빠진 사람이 많은 듯합니다. 스트레스를 주는 대상이 되는 상사들을 조사해 보니, 오히려 "그런 식으로 말한 기억은 없는데."라며 놀라워했습니다.

나카무라 그거야말로 씁쓸한 엇갈림이네요.

오쿠다 맞습니다. 인간관계에 있어서 스트레스는 소통의 부재가 큰 몫을 하는 듯합니다. 우선은 용기를 내어 대화하고, 다가가는 것이 필요하겠죠. 요즘 시대는 이메일이나 채팅이라는 수단도 있으니, 얼굴을 마주하고 말하기 어렵다면 다른 방법으로도 얼마든지 소통할 수 있습니다.

나카무라 맞아요. 정말이지 이메일은 참 편리하지요. 얼굴을 보고 하기 어려운 말도 글로 옮기면 온화하고 논리적으로 전달할 수 있으니까요. 나도 불편한 연락은 종종 이메일을 사용한답니다.

일단 내가 할 수 있는 다양한 방법으로 대화를 해보고, 그런데도 스트레스의 요인이 해결되지 않는다면 다른 방법을 생각해야겠지요. 먼저 그 일을 반드시 상대와 협력해야 하는지를 판단해 보고요. 상대의 몫만큼 내가 일을 늘려서 보충하거나 서로 얽히지 않는 업무로 바꾸는 방법 같은 거요. 그러니까 일종의 관계를 내려놓는 연습이라고 할 수 있겠네요.

오쿠다 나카무라 선생님께서는 가능한 한 직장을 편안히 다닐 방법을 고민하신 덕분에 90세까지 계속 일할 수 있었군요.

나카무라 그러네요. 나는 남편과의 관계에서 마음을 내려놓았기에, 직장에서 마음의 평안을 찾을 수밖에 없었지요. 사람은 어딘가 기댈 곳이 한 군데라도 있다면 어떻게든 살아간답니다.

끝이 좋으면 모든 것이 좋다,
그러니 그때까지는 기댈 수 있는 곳에서 버텨내자

오쿠다 어느 한 곳이라도 내가 편안한 장소를 만들어두면 심
신 안정에 도움이 된다는 말과 연결되는군요.

그런데 선생님, 퇴근 후 가정에서는 어떤 방식으로 스
트레스를 관리하셨나요? 아무리 변화에 대한 기대를
단념했더라도 집에 가면 남편이 있잖아요.

나카무라 남편은 밤마다 이 집 저 집을 돌아다니며 술을 마시
다가 새벽이나 돼서야 집에 돌아오니 거의 얼굴 볼일
이 없었답니다(웃음). 이렇게 때로는 스트레스의 원인
이 긍정적인 형태로 다가오기도 하지요. 하지만 완전
히 잔뜩 술에 취해서 집에 오면 잔소리꾼이 되어버리
니 그럴 때마다 아들들과 역할을 분담해 교대로 상대
하곤 했지요.

내가 워킹맘이었기에 아이들이 어릴 때부터 여러 가
지 일을 서로 도와가며 생활하는 습관이 있답니다. 발
상의 전환이랄까요. 남편을 변화시키기보다 가정이
입게 되는 피해를 최소한으로 하려면 어떻게 해야

하나를 생각했지요.

오쿠다 그렇군요. 선생님께서는 자녀들에게 충분한 사랑을 베풀고, 든든한 지원군으로 삼으셨군요. 그렇게 부군과의 불화도 극복할 수 있었고요.

나카무라 맞아요. 아이들을 훌륭하게 키우겠다는 목표가 제 삶을 지탱해 주었으니까요. 흔히들 아이는 부부 사이의 강력한 끈이라고 말하는데 정말 그렇지요. 그래서 나는 아이를 낳을지 고민하는 젊은 부부에게 꼭 낳으라고 합니다. 아이가 생기면 부모 또한 성장하고 강해지기 때문이지요.

오쿠다 매우 공감합니다. 아이들 때문에 정시에 퇴근하거나 조퇴를 하면 근무하던 병원 원장님에게 눈총을 받는 일이 종종 있었죠. 또한 직장에서 인간관계로 인해 힘들기도 했지만, 우리 아이들을 위해서라도 내가 여기서 포기할 수 없다고 생각하면 다시 힘이 생기곤 했습니다.

나카무라 그래요. 단 한 곳이라도 나를 지지해 주는 마음이 평안한 곳이 있다면 대부분의 스트레스는 이겨 낼 수 있지요. 그것은 꼭 아이에게만 국한된 것이 아니니, 무엇이든 살아가는 보람을 찾으면 좋겠네요.

오쿠다 그러고 보니 이전에 외래에서 만난 한 여성의 말이 생각납니다. 그녀는 취미로 음악 활동을 계속하기 위해서 직장에 싫은 일이 있어도 버틸 수 있다고 말했습니다. 밴드에서 연주 활동을 계속하려면 돈이 필요하기 때문이었죠. 직장에서 자신을 힘들게 하는 상사도 거뜬히 참을 수 있다고 하더군요.

나카무라 맞아요. 사람마다 버틸 수 있는 이유는 다양하지요. 하나라도 발견한다면 이를 바탕으로 더욱 강해질 수 있답니다.

오쿠다 선생님과 제게는 그것이 바로 자녀였던 거네요. 선생님, 그런데 자녀가 성장한 후에는 어떻게 남편과 맞추셨나요? 아이들이 독립해서 집에 두 분만 살게 되셨잖아요.

나카무라 그게 또 잘된 일이, 젊었을 때는 그렇게 망나니였던 남편도 나이를 먹으면서 술 마시고 돌아다닐 기운이 없어졌는지 한결 다루기 쉬워졌지요.

오쿠다 그렇군요. 나이가 들면 나뿐만이 아니라 배우자의 에너지도 함께 약해지니 혈기 왕성할 때처럼 부딪히지 않게 되는군요. 이 또한 늙음의 장점 중 하나일 수도 있겠네요. 확실히 사람과 부딪치려면 꽤 많은 감정 에너지가 필요하지만, 나이가 들면 인간관계의 대립을 일으킬 에너지도 자연스럽게 소멸되어 가는군요.

나카무라 바로 그거예요. 나이가 들면 사람이 온화해진다고들 해요. 하지만 그보다는 누군가와 문제를 일으키는 자체가 귀찮아지는 부분도 꽤 크다고 생각해요(웃음).

결국 두 아들이 모두 결혼하고 나서도 남편과 이혼하지 않은 채 줄곧 함께 살았는데, 남편은 여러 해 동안 뇌경색으로 쓰러지기를 반복했어요. 마지막에는 요양원 생활을 앞두고 흉부 대동맥류 파열로 세상을 떠났지요.

누구에게도 폐 끼치지 않으며 멋지게 떠났답니다. 남편과 살면서 정말 많은 일이 있었지만, 끝이 좋으면 모든 것이 좋다는 말처럼 남편과의 관계를 잘 마무리했다고 생각했어요. 참으로 아이러니하지요.

오쿠다 끝이 좋으면 모든 것이 좋다는 말, 정말 마음에 듭니다. 현재 가족 관계나 직장의 인간관계에서 어려움을 겪고 있어도 어느 정도의 시간이 흐른 뒤에 '끝이 좋았다'라고 말할 수 있다고 생각하면 뭔가 희망이 느껴집니다.

친구가 많으면 좋기도 하지만, 넓은 교우관계만큼 고민도 늘어난다

오쿠다 인간관계에서 발생하는 스트레스를 없애는 또 다른 비법이 있을까요? 정말이지 이런 고민은 끝이 없네요.

나카무라 그건 나랑 맞는 사람하고만 사귀지 않는 이상 늘 있는 고민이지요. 왜 그렇게 생각하는지 모르겠지만, 대부분 친구란 많으면 많을수록 좋다고 생각해요. 그런데 많은 사람과 관계를 맺을수록 나와 다른 가치관을 가진 사람과 엮일 확률 또한 늘어나잖아요. 그래서 누군가로 인해 화가 나거나 누군가와 비교해서 기가 죽거나……. 뭐하나 쉬운 일이 없지요.

오쿠다 당연한 말씀입니다. 인간관계가 넓어질수록 그만큼 고민도 많아집니다. 그런데 저 또한 무작정 인맥을 넓히려고 노력했던 시절이 있었습니다. 이제야 내가 편안해하는 사람을 알고, 거기에 맞춰 관계를 좁히다 보니 인간관계에서 오는 고민이 줄어든 것 같습니다.

요즘 시대는 SNS 발달로 '넓고 얇은' 인간관계를 만들기 쉬워져서 문젭니다. 온라인상에서 아무리 잘 맞던 사람이라도 막상 현실에서 만나면 상상했던 것과 전혀 다른 경우가 흔합니다. 애초에 직업이나 성별이 알려진 그대로라는 보장도 없고요. 지금은 이렇게 가늘게 연결된 인간관계가 몹시 증가하고 있으며, 그로 인해 스트레스를 느끼는 사람도 많아지고 있습니다.

나카무라 그거야말로 정말 큰일이군요. 난 친구가 많았으면 좋겠다거나 혼자라서 외롭다는 생각은 할 겨를조차 없었지요. 줄곧 그런 상태였기에 일하기 시작하면서도 오는 사람은 막지 않고 마음이 맞으면 친구가 되곤 했답니다. 나는 친구가 그리 많지 않은데, 그 덕분에 친구 관계에서 오는 스트레스를 느껴본 적이 거의 없지 싶어요.

오쿠다 지금 생각해 보니 선생님은 의국에서도 사람들과 함께 있기보다 늘 조용히 혼자 앉아 계셨어요. 그러다가

도 누군가 선생님께 말을 걸면 즐겁게 이야기를 나누
곤 하셨죠.

나카무라 네, 제 성향이 그래요. 내가 먼저 다가가서 권유하는
일은 별로 없지만, 누군가에게 권유받았을 때 흥미가
있으면 가기도 하고요. 여유가 있으면 재미나게 이야
기도 하지요. 그러다 보니 오랜 시간 동안 계속해서 관
계를 맺어온 사람이 있는가 하면 그저 스쳐가는 인연
으로 끝나버린 사람도 있답니다. 덕분에 이토록 오
래 살면서도 인간관계로 인한 불편함을 크게는
느끼지 않았어요.

오쿠다 선생님 이야기를 들으니, 우리가 얼마나 '인간관계를
넓혀야 한다, 친구를 많이 사귀어야지'라는 강박에 살
아왔는지 알 수 있습니다.

SNS 등을 통해 쉽고 간단하게 사람과 연결되는 시대
이지만, 그저 얄팍한 관계를 넓혀가기보다는 적은 수
라도 정말 자신과 맞는 사람을 가려서 사귈 필요가 있
겠네요.

사람들과 어울릴 수 있는 것도 하나의 재능일 뿐,
그렇지 않은 사람도 있으니 괜찮다

오쿠다　이야기를 하다 보니 선생님의 인간관계 비결은 너무 의욕적이지 않아도 되는 것이라는 생각이 듭니다. 예를 들어 친구를 많이 사귀어서 왁자지껄 즐기려는 욕구가 없으신 거죠?

나카무라　욕구가 없다기보다는…… 나는 친구들과 왁자지껄 즐겁게 어울리는 것도 달리기나 노래 같은 재능이라고 생각해요. 근데 난 그런 재능이 없어요. 게다가 생사가 걸린 시대에 청춘을 보냈기에 오늘 먹을 음식이 있고, 살아있음에 그저 만족하게 되었지요. 그 시절을 살아온 우리에게는 친구를 얼마큼 사귀느냐와 외로움은 중요하지 않았어요.

오쿠다　요즘 사람은 어릴 때부터 친구는 많은 게 좋고, 친구가 많은 게 잘하는 거라며 주입되어 자라왔습니다.
유치원 때부터 〈1학년이 되면 친구 100명을 사귈 수 있을까〉라는 동요를 부르며 자랐죠. 실제로 친구가 적으면 부끄럽다고 생각하여 그에 대한 콤플렉스를 가진 사람도 많다고 합니다.

나카무라 맙소사! 친구가 적어서 부끄럽다니. 나는 그런 생각을 해본 적이 없는 것 같네요. 애초에 친구가 100명이나 있으면 너무 피곤할 것 같아요.

안 그래도 사람들을 만나면 사람 수가 많든 적든 내가 하고 싶은 말이나 행동을 가려가며 관계를 만들잖아요. 하물며 별로 좋아하지도 않는 사람에게 '이런 말을 해도 괜찮을까? 이런 걸 물어봐도 괜찮을까?'하고 이것저것 신경 써야 한다면 혼자 있는 편이 백번 낫지요. 난 그렇게 생각한답니다.

오쿠다 일리 있는 말씀입니다. 인간관계에서 오는 스트레스는 가치관의 차이가 크면 클수록 발생하기 쉬우니까요. 저도 얕고 넓은 관계는 어려워하는 편인지라 적은 수의 사람과 마음 편히 안심하고 관계를 맺는 것을 선호합니다. 서로에 대해 충분히 알아가면서 가족처럼 친밀감을 느끼며 사귈 수 있는 사람이 '친구'인 것 같습니다. 반면에 얕고 넓은 관계를 잘 맺는 사람이 있죠. 그런 유형의 사람은 타인에게 바라는 유대감의 깊이가 다르다고 생각됩니다. 쉽게 설명하면 다른 사람과 극히 일부분만을 공유해도 만족을 느끼고 다양한 인간관계를 통해 여러 가지를 즐기고 싶어 하는 거죠.

즉 그들의 가치관은 저 같은 사람과는 전혀 다릅니다. 어느 쪽이 좋고 나쁘다고는 할 수 없지만, 가치관이 전혀 다른 사람과 사귀는 것은 힘듭니다. 자신의 인간관계 유형을 파악하고 가치관이 비슷한 사람을 무리하지 않고 사귀는 것이 인간관계의 스트레스를 줄이는 요령이라고 생각합니다.

나카무라 사람과 사귀기 위해 무리할 필요는 전혀 없다고 생각해요. 게다가 절친한 사이라고 해도 백 퍼센트 자신과 가치관이 딱 맞는 사람은 이 세상에 없잖아요. 다른 사람과 관계를 유지하다 보면 서로 다른 점이 드러나기 마련이에요. 난 거기에 마음을 많이 쓰기 때문에 친구를 사귀는 것보다 혼자 있는 것을 더 선호한답니다.

앙리 마르탱의 산책하는 연인(Couple Se Promenant by Henri Martin), 1935년경

인간은 본래 고독한 존재,
혼자만의 시간은 나를 풍요롭게 만든다

오쿠다   혼자 있는 것이 전혀 불편하거나 어렵지 않으시군요. 그런네 요새 젊은이들 중에는 혼자 있는 것을 콤플렉스로 생각해서 힘들어하는 사람이 많다고 합니다. 선생님은 혼자라는 외로움을 느끼시나요?

나카무라   네, 물론 나도 외로움을 느낀답니다. 그런데 혼자인 게 부끄러운 일인가요? 더욱이 그것에 콤플렉스를 느낀다는 사실이 나로서는 매우 놀라워요. 인간이라면 누구나 고독하잖아요. 오히려 혼자만의 시간이 없다면 너무 힘들 거랍니다. 어느 누구도 신경 쓰지 않고 내가 하고 싶은 일을 하며 혼자서 생각할 여유를 가지는 시간을 소중히 하면 좋겠어요.

오쿠다   16살 때부터 누구의 도움 없이 혼자 힘으로 살아오신 선생님께서 그리 말씀하시니 설득력이 있네요. 먼저 우리는 '혼자인 게 부끄럽다, 고독은 비참하다'같은 이상한 선입견부터 깨야 할 것 같습니다.

나카무라   맞아요. 그런 이상한 선입견을 가지고 혼자만의 시간을 보내야 한다면 당연히 불편하고 힘들겠지요.

오쿠다 회사와 병원에서 다양한 세대의 사람들을 상담하면서, 많은 사람들이 고독은 좋지 않다고 생각하는 것을 봐왔습니다.

예를 들어 휴일에 혼자서 시간을 보내다가 갑자기 '난 외로운 사람일까?'라는 생각이 들거나, SNS에서 친구가 누군가와 즐겁게 식사하거나 노는 사진을 보고는 자기혐오에 빠진다는 등의 이야기를 종종 들었습니다. 실은 저도 대학생 때까지는 그런 생각을 하거나 느꼈던 것 같습니다.

나카무라 요즘 사람들은 고민이 많네요. 다른 사람이 어떻게 지내는지는 나와 상관없어요. 사람들에게 둘러싸여서 즐거워 보일지라도 사실은 주변에 신경을 써야 해서 거북한 느낌이 들 때도 꽤 있잖아요. 혼자라면 누구의 눈치도 보지 않고 느긋하면서 편안하게 지낼 수 있는데 말이지요.

오쿠다 선생님은 타인을 세심히 신경 쓰시기 때문에 혼자 보내는 시간이 꼭 필요한 것 같습니다. 혼자인 게 두렵거나 힘든 사람은 선생님처럼 혼자는 홀가분하고 편안하다고 인식을 바꿔나갈 수 있으면 좋겠네요.

이렇게 말하는 저도 지금은 가족과 살고 있기에 외로움을 느낄 일은 적습니다만. 아이들이 독립한 뒤에는 과연 선생님처럼 고독한 기분이나 상황을 잘 다룰 수 있을지 별로 자신이 없습니다. 선생님은 혼자 있는 시간에 주로 무엇을 하시나요?

나카무라 바로 그거예요! 지금 말한 '무언가 해야 해!'라는 생각이 혼자 있는 시간을 무의미하게 만든다고 생각해요. 아무것도 하지 않아도 괜찮아요. 난 게으름을 즐기고 자주 느긋하게 행동하지요. 소파에 누워 뒹굴뒹굴 햇볕을 쬐거나 텔레비전을 보며 멍하게도 있지요. 난 그러다가 무언가 하고 싶은 일이 생각나면 느긋하게 그 일을 해요.

오쿠다 그렇군요. 확실히 '늘 뭔가 해야 해, 가만히 있는 건 시간이 아까워'라는 생각도 혼자 있는 시간을 두렵게 만드는 강박 중 하나네요. 눈치 보지 않고 느긋하게 마음대로 시간을 보내도 괜찮다고 먼저 나 자신을 허락한다면, 혼자 있는 시간도 즐길 수 있겠네요!

나카무라 탁월한 생각이에요. 그렇게 고정관념을 버려나가면 되지요. 요즘 사람은 '이것도 해야 해, 저것도 해야 해'라며 자신을 너무 채찍질해요. 그렇게 살면 늘 시간에 쫓겨 힘들 텐데요.

오쿠다 '이것도 해야 해, 저것도 해야 해'라며 시간에 쫓기는 일과 혼자 있음에 대한 부정적인 인식은 큰 상관관계가 있는 것 같습니다. 특히나 요즘 같은 디지털 시대에는 소파에 누워만 있어도 스마트폰이나 텔레비전 등에서 끊임없이 정보가 들어오기 때문에 항상 자극을 받게 됩니다. 따라서 멍하니 아무것도 하지 않은 채 있으면 왠지 소외감을 느끼는 것 같습니다. 전 아날로 그 시대를 기억해 보면 집에서는 느긋하게 하늘에 떠다니는 구름을 보거나 전철에 타서는 스마트폰이 아닌 창밖의 경치를 보는 등 아무것도 하지 않는 시간이 더 있었습니다.

나카무라 확실히 내가 느끼는 시간의 흐름과 지금 젊은 사람들이 느끼는 시간의 흐름은 조금 다른가 보아요. 나도 스마트폰으로 이메일을 주고받지만, 젊은 사람들처럼 뉴스나 영상을 계속해서 보지는 않아요. 정보는 텔레비전이나 신문에서 볼 뿐이지요.

SNS 같은 것에서 타인의 생활을 접할 기회도 없으니 아무래도 자신과 타인을 비교할 거리도 없지요. 혼자 있는 시간은 천천히 흘러가기에 아무도 신경 쓰지 않고 느긋하게 지낼 수 있어서 좋답니다. 그 순간 기분은 말로 표현할 수 없을 정도예요.

오쿠다 요새 '디지털 디톡스, 디지털 해독'이라는 말이 유행입니다. 선생님은 이미 그런 생활을 하고 계시는군요. 우리 세대는 기술의 발달로 생활이 편리해졌지만, 한편으로는 늘 시간에 쫓기며 각종 정보에 휘둘려 살아가고 있습니다. 그 결과 혼자서 여유로운 시간을 즐기고 마음을 회복하는 법을 잊어버렸죠. 게다가 애당초 혼자만의 시간에 대한 죄책감이나 콤플렉스를 심어주는 듯한 사회 분위기도 문젭니다.

사람들이 고독을 두려워하게 된 이유도 혼자서 자신을 돌아볼 시간적 여유가 없어진 현대인의 마음속 불안정에서 온 듯합니다. 시간에 쫓기기보다 좀 더 여유를 가지고 정보나 자극을 피해 혼자만의 시간을 가지면서 느긋함을 즐기길 바랍니다.

나카무라 그러네요. 오쿠다 선생의 분석을 들으니 이해가 되네요. 혼자 있을 때는 쫓기는 기분을 느껴본 적도 없고, 누가 무얼 하는지 관심도 없거든요. 여유롭게 시간을 보내기도 하고 갑자기 생각난 일을 하면서 지내지요. 그저 즐길 뿐이에요.

아, 그래요. 지금처럼 자유롭게 혼자만의 시간을 충분히 가질 수 있는 것도 자녀를 모두 독립시킨 노인의 특권이네요. 아이가 어느 정도 자란 40대부터는 문득 생각이 나면 당일치기로 훌쩍 버스 여행을 다녀오기도 했지요. 그러면 나 말고도 혼자 오는 사람이 거의 꼭 한 명은 있어서 같이 수다를 떨기도 했는데 그것도 그 나름대로 재미였답니다.

오쿠다 저도 얼마 전에 걸어서 유적지를 돌아보는 투어에 참가했는데 운동도 되고 지식도 생겨서 유익했습니다. 요즘에는 이처럼 혼자서도 참가할 수 있는 투어가 많이 생겼다고 합니다.

나카무라 혼자서 훌쩍 떠날 수 있는 여행 좋지요. 젊었을 때는 학회를 구실 삼아 전국 여기저기를 다녔어요. 학회에 간 김에 당일치기, 기껏해야 1박이나 2박 정도의 짧은 여행이었지만요. 말하고 싶은 건, 다리와 허리가 건강할 때 여기저기 돌아다니며 견문을 넓혀두면 나중에도 좋다는 거예요. 간혹 텔레비전 여행 프로그램을 보다가 그때의 기억이 새록새록 나서 더 즐겁거든요. "아, 저기는 저렇게 변했구나."라면서 말이지요. 80세가 넘어 체력이 약해지면 여행 프로그램을 보는 것만으로도 관광하는 기분을 느낄 수 있어서 좋답니다.

고작 한두 사람에게 미움을 받는다고 해서 인생이 끝난 건 아니다

오쿠다 혹시 다른 사람에게 미움받기 싫다고 생각하신 적은 없나요? 예나 지금이나 일본인은 누군가에게 미움받는 것을 매우 싫어하는 국민성이 있는 듯합니다. 젊은 사람이나 나이 든 사람이나 누구든 미움받는 것이 두려워서 속내를 말하기보다, 자신을 억누르는 걸 선택해서 스트레스를 받는 사람도 많습니다.

나카무라 나도 누군가에게 미움받기보다는 사랑받고 싶지요.

내가 철이 들 무렵, 우리 시대는 이웃과의 관계가 지금과는 비교할 수 없을 정도로 매우 가까웠어요. 미움을 받아서 마을에서 따돌림을 당하면 그 마을에서 더는 살기 어려울 정도였으니까요.

전쟁 중이어서 언론의 통제도 심했을 때라 국가에 반대 의견을 말하면 미움보다 당장 끌려가 유치장에 갇힐 정도였지요. 그런데 지금은 시대가 변했잖아요. 어디든 내가 가고 싶은 곳에 가서 살 수 있는 자유로운 시대지요. 그러니 그만큼 모두에게 호감을 받지 않아도 괜찮지 않을까요?

오쿠다 저 역시 그렇게 생각합니다. 지금은 이웃과의 관계도 매우 약해지고, 이직도 자유로워서 내 세계를 스스로 선택할 수 있습니다. 내 삶과 내가 살아갈 세상을 내가 선택하는 거죠.

나카무라 지금은 자유롭게 움직일 수 있으니, 여유를 가지고 나답게 살면 좋겠네요. 또한 마음만 먹으면 해외도 갈 수 있잖아요(웃음).

그런데 외래 진료를 하다 보면 타인이 자신을 싫어하는지에 지나치게 신경 쓰는 사람이 정말로 많아요. 그런 환자를 만날 때면 "한두 사람에게 미움받는다고 큰일이 나는 건 아니에요. 그렇게 신경 쓰지 않아도 괜찮아요. 누군가에게 미움받는다고 해서 인생이 끝나진 않아요."라고 말해주곤 합니다.

오쿠다 맞아요. 직장이나 학교 또는 학부모 관계 등에서 조금이라도 의견이 대립하거나 문제가 발생하면 매우 우울해하는 사람이 있습니다. 무엇보다 실제로 회식이나 점심 식사에 초대받지 않거나 SNS 단톡방에서 제외되는 등 초등학생들이나 할 법한 따돌림을 당하고 상처받은 환자도 있었습니다.

나카무라 아무리 세월이 흘러도 이지메(집단 따돌림) 문제가 없어지질 않는 것 같아요. 어째서 타인은 타인이고, 나는 나라고 선을 긋지 못하는 걸까요? 난 그런 고민을 상담받으면 "그렇게 마음이 고약한 사람들과 억지로 사이좋게 지내지 않아도 괜찮아요. 좀 더 자기 자신을 있는 그대로 받아줄 사람을 찾는 게 어때요?"라고 조언하지요.

오쿠다 저도 비슷한 말을 합니다. 직장은 친구를 만드는 곳이 아니라 일을 해서 돈을 버는 장소라고 말해주죠. 각자에게 주어진 일을 제대로 해낼 수 있을 정도의 인간관계만 있으면 그걸로 충분하다고 조언합니다. 일정 선을 넘으면 직장 내 관련 부서나 고용노동청에 신고할 수도 있습니다. 그래도 따돌림이나 괴롭힘이 계속된다면 그런 직장은 하루빨리 정리하고 이직을 생각해야 합니다.

나카무라 그런데 주부들도 비슷한 고민을 하는 거 같아요. 엄마들이 학부모 모임에 대해 많이들 이야기해서 알아요. 그 안에서도 여러 문제가 생기더라고요. 솔직히 순수한 친구 사이가 아니잖아요. 결국은 아이가 낀, 아이를 위한 연결고리일 뿐인데요. 억지로 진짜 친구가 되려고 노력하지 않아도 괜찮지 않을까 싶어요.

나와 맞지 않다고 생각되면 인사하고 지낼 정도로만 지내는 거지요. 그런 이유로 엄마들 모임에서 제외되면 "마음대로 하세요."라는 태도로 당당하게 나가면 어떨까 해요. 아이들은 어른들과 관계없이 알아서 자연스럽게 친해지니 걱정하지 않아도 된답니다.

오쿠다 저는 사실 자식을 매개로 한 기묘한 엄마들 모임이 어색해서 결국 아무하고도 친구가 되지 못했습니다. 그렇게 아이들이 커버렸죠. 하지만 그렇다고 해서 내 아들들 친구 엄마와 내가 친하지 않아서 곤란한 일은 없었습니다.

육아에 관해서는 선배 언니에게 상담하거나 학교에 관해서는 직접 담임에게 물어보는 것만으로도 충분했죠. 가끔 학교에서 행사할 때 마음이 맞는 사람과 만나게 되면 오히려 아이와 상관없이 친구가 되기도 했습니다.

나카무라 내가 육아하던 시대와 비슷한 방법이네요. 가장 스트레스를 받지 않는 교제 방식이라고 할 수 있지요.

오쿠다 네, 이것은 비단 아이 친구 엄마들하고 맺는 관계에만 해당하는 이야기가 아닙니다. 보통은 자녀들이 크면 시간적으로 여유가 생겨서 취미 활동이나 자원봉사를 하기도 하는데요. 그때 거기서 사귀기 시작한 사람들과의 관계도 마찬가지입니다. 누구에게나 사랑받기 위해 애쓰지 말고 날 있는 그대로 받아주는 사람이 있으면 행운이야!라고 생각하면 충분합니다.

나카무라 맞아요. 특히 나이를 먹으면 먹을수록 허세로 가득한 사람들도 있고요. 자기에게 도움이 되는 관계인지 이

해타산만을 따지는 사람들도 있어요. 그런 사람들과 마지못해 사귀는 인간관계는 청산하는 편이 좋답니다. 거기에 쓰는 감정과 체력이 아까울 따름이지요.

인간관계에서 오는 피로감은 잘 풀리지 않는다, 사람을 골라 사귀는 것도 좋다

오쿠다   지금까지 이야기를 나누며 그동안 우리가 타인에 대한 선입견이나 체면치레 때문에 얼마큼 많이 고민했는지를 알 수 있었습니다.

나카무라   아무것도 없던 시대에 자란 경험이 도움이 되기도 하는군요(웃음).

오쿠다   불필요한 인간관계는 늙음을 의식하기 시작하는 50대부터 하나씩 내려놓으면 편해질 것 같습니다. 나이가 들면 사회인으로서 생활하는 것도 끝이 보이기 시작합니다. 자녀들은 부모 품을 떠나 독립하니 지켜야 하는 것들이 점점 적어지죠. 그러면 자연스럽게 이제껏 무리해서 만나야만 했던 사람도 줄어들겠죠.

나카무라 그래요. 나이를 들수록 생활을 위해, 자녀를 위해, 가족을 위해 참을 일이 점점 줄어들지요.

무릇 나이를 먹으면 체력도 기력도 젊었을 때와 같지 않게 되니, 굳이 의미 없는 인간관계에 쓸 여유도 없어진답니다. 그러니 참아가며 사람을 만나는 일은 피곤하기만 하지요.

오쿠다 노화에 맞춰서 체력과 기력이 떨어지는 만큼 인간관계에도 '에너지 절약'이 필요하다는 말씀이시군요.

나카무라 오쿠다 선생, 멋지게 정리해 주었네요! 맞아요. 에너지 절약. 나이 들어서 불필요한 곳에 에너지를 쓰면 정말 더 힘들답니다. 늙고 나이 들어서 '친구 100명'이 있으면 오히려 일찍 죽을 것 같네요(웃음).

오쿠다 특히 인간관계에서 에너지가 많이 소모되는 경우가 몇 있습니다. 나를 불안하게 하거나, 보고 들은 것을 과장하며 말하는 사람을 대할 때입니다.

나카무라 맞아요. 저도 인생에서 힘든 시기일수록 만나는 사람을 꽤 조심했지요. 직업 특성상 다양한 사람의 이야기를 듣게 되는데, 늘 불행한 일만 찾아내서 그것을 다른 사람과 공유해서 동질감을 느끼려는 사람이 있지요.

안타깝지만 그런 사람과 관계를 맺으면 기운을 뺏기게 된답니다.

오쿠다 맞는 말씀이에요. 그런 사람과는 적극적으로 거리를 두는 편이 좋습니다. 예를 들어 코로나가 한참 기승일 때가 생각납니다. 필요 이상으로 코로나를 두려워하고 그 불안과 공포감을 다른 사람에게 강요하는 사람이 있었죠.

그런 사람은 의사로서 내가 의학적인 식견에 근거하여 "그렇게 무서워하지 않아도 괜찮아요."라고 이야기해도 받아들이기는커녕 어쩐 일인지 언짢아합니다. 그런 사람은 다른 사람들도 자신과 마찬가지로 걱정과 불안을 느끼길 바라는 겁니다. 부정적인 감정으로 동질감을 형성하고 싶은 것이 그 사람의 목적인 거죠.

어떤 집단이나 조직에서든 타인에 대한 험담이나 소문을 좋아하는 사람, 무조건 푸념만 하는 사람은 모두 같은 심리입니다. 남도 나와 똑같은 부정적인 기분을 느끼게 하려는 겁니다.

나카무라 어딜 가도 그런 사람들 한둘은 꼭 있기 마련이지요.

적당히 거리를 두지 않으면 점점 에너지를 빼앗길 거예요.

오쿠다　네, 적당히 거리를 두어야 한다고 생각합니다. 되도록이면 어울리지 않는 편이 좋습니다. 그런데 만약에 말입니다. 어쩔 수 없이 같은 직장에서 관계를 쌓아야만 한다면 선생님은 어떻게 하실 건가요?

나카무라　부정적인 이야기는 무시하는 게 답 같습니다. 무덤덤하게 "아, 그래요." 정도로 반응하는 게 어떨까요. 흥미를 나타내지 않으면 '반응이 없으니 재미없네'라고 느낄 거예요. 그렇게 되면 아마 더는 가까이 다가오지 않을 걸요.

오쿠다　부정적인 불씨가 활활 타오르지 않게 연료를 던져주지 마라. 그 말씀이군요.

그나저나 선생님께서는 사람들과 거리 두는 방법을 잘 알고 계십니다. 옆집에 사는 아들 부부와도 적절한 거리를 두며 좋은 관계를 유지하고 계시죠?

나카무라　원체 혼자 잘 지내는 편이라 아들 부부도 전혀 간섭하지 않지요.

남편이 세상을 떠난 후에도 계속 일을 했기에 때로는

몇 주 동안 얼굴도 못 보는 일이 허다했지요. 다리가 골절되고 나서는 집에 계속 있게 되었는데, 지금도 주 2회 정도 만나 함께 밥 먹는 정도랍니다.

오쿠다 우리 아이들은 아직 결혼하지는 않았지만, 외래 진료를 보다 보면 고부 갈등으로 힘들어하는 고령자를 만나게 됩니다. 자녀 부부에게 이래라저래라 간섭하여 문제가 되는 경우가 꽤 많았죠. 잘 살펴보면 대부분 외로움을 많이 타거나 타인에 대한 의존성이 높은 게 문제였습니다.

삶이 적적하니 좀 신경 써 주면 좋겠고, 자기 혼자서 무언가를 하는 것이 불안하기에 자녀 부부에게 의존하고 싶어지는 거죠. 물론 선생님처럼 혼자서 일과 사생활을 즐기면 가장 좋겠지만요.

나카무라 쉽게 말하면 어린아이가 "엄마, 나 좀 봐봐."라고 말하는 것은 '나한테 관심 좀 줘'라는 행동에 가깝거든요. 어떤 인간관계든 마찬가지지만, 내가 먼저 이것저것 관여하기보다 상대방이 부탁한다며 다가올 때, 받아주는 태도로 있는 편이 더 좋은 관계를 맺을 수 있지요. 적어도 나는 그 방법으로 아들 부부나 직장의 젊은 사람들과 좋은 관계를 유지한 것 같아요.

오쿠다 조금 떨어져서 지켜보는 태도이군요. 적극적으로 사람과 넓은 교우관계를 가져온 사람도 나이가 들면 달라질 필요가 있네요. 불필요한 에너지를 써야 하는 인간관계는 내려놓고 받아들이는 태도로 인간관계를 맺어도 좋겠습니다.

무의미한 인사치레는 이제 그만!
허울뿐인 관계는 서서히 정리하자

나카무라 지금까지 이야기한 것처럼 나는 젊었을 때부터 오는 사람은 막지 않고 가는 사람은 붙잡지 않는다는 마음가짐으로 인간관계를 맺어왔지요. 그래도 일을 하다 보면 표면적으로만 관계를 맺는 일이 어떻게든 생기게 돼요.

그래서 명절 인사나 연말·연시 연하장은 칠순을 넘어서부터 서서히 줄이기 시작했답니다. 그리고 지금은 전혀 보내지 않고 있지요.

오쿠다   그러고 보니 선생님은 항상 1월 15일이 지났을 무렵에 답장을 주셨죠(웃음).

나카무라   우선 연하장을 보낸 사람 중에 새롭게 알게 된 사람에게만 답장하기로 정했지요. 그러다 보니 예의나 겉치레로 인연을 맺은 사람과의 교류는 점점 줄었어요. 그렇게 자연히 관계를 정리할 수 있었답니다.

오쿠다   하긴 일 년에 한 번도 만나지 않는 사람에게 말뿐인 메시지를 받아도 그리 반갑지 않습니다. 오히려 답장을 위해 들여야 하는 수고와 돈을 써야 하니, 자원의 낭비이죠.

나카무라   현역으로 일할 때야 사교나 예의를 위한 교류가 필요하지요. 하지만 노인이 되면 되도록 나와 상대에게 의미 있는 에너지를 사용하는 게 두루두루 좋아요.

오쿠다   네, 얕은 신뢰로 유지되는 관계는 예순이 지나면 서서히 정리하는 편이 좋겠네요.

나카무라   나이가 들면 자기 마음에 충실하게 사는 게 쉬워져요. 요즘은 좀처럼 전화 통화도 안 하고, 마음이 내키면 이메일을 보내는 정도예요.

오쿠다   그 연세에 이메일을 주고받는 게 정말 대단하시네요.

나카무라 　전화처럼 신경 쓰지 않아도 되고 시간을 빼앗지도 않
지요. 내가 편한 시간에 보낼 수 있으니까요. 또 좋은
건 겉치레 없이 필요한 말만 쓴다는 거예요. 멀리 사는
형제나 친구들과 서로 안부를 확인하는 차원에서 마
음 편히 쓰고 있답니다(웃음). 느긋하게 이야기하고 싶
어질 때는 서로 시간을 맞춰 조금 긴 통화를 하며 그
시간을 즐기지요.

오쿠다 　인간관계에 쓰는 에너지를 절약하고, 마음이 맞는 사
람과 적절한 관계를 유지해 나가시는군요.

나카무라 　네, 그래요. 아무래도 타인에게 다가가면 다가갈수록
그만큼 스트레스도 생기니까요.
가족만큼은 예외라고 말하는 사람도 있겠지만 결국은
같답니다. 그저 너무 가까이 가지 않는 것이 요령
이지요. 관계에서 오는 스트레스를 줄이고 싶다면 사
람보다는 고독과 친해지세요.

오쿠다 　선생님처럼 혼자서 시간을 잘 보낼 수 있게 된다면, 내
인생에서 진정으로 필요한 인간관계 또한 분명해질
것 같습니다. 이제는 저 또한 혼자만의 시간을 늘려
가며 고독에 익숙해지고, 허울뿐인 관계와는 거

리를 두도록 노력해야겠습니다.

그리고 은퇴 연령인 60대부터는 정말 있는 그대로의 나를 받아들이는 소수의 사람과 느긋하고 편안하게 교제해야겠습니다. 그래야 더는 인간관계로 스트레스 받지 않는 평온한 노후를 보낼 수 있겠네요.

3장

마음을
지금 여기에

막연하게 불안하다면,
남과 나를 비교하고 있는 건 아닌지 살펴보자

오쿠다　　지금부터는 일상생활 속에서 문득 나타나는 불안한
　　　　마음에 대해 이야기해 보고자 합니다. 환자를 만나 면
　　　　담을 해보면 나이에 상관없이 '사소한 일에도 왠지 모
　　　　르게 불안을 느낀다'고 호소하는 사람이 많습니다.

나카무라　흠…… 사소한 일이라. 무엇을 말하는 걸까요?

오쿠다　　예를 들어 '난 지금 이대로 괜찮을까?' 같은 생각에 불
　　　　안해지는 사람이 있습니다. 요전에도 대기업에 다니
　　　　는 40대 후반 여성이 수면이 불규칙해서 상담하러 왔

습니다. 일과 사생활에 큰 스트레스가 없었으며, 남편과의 사이에 아이는 없지만, 그럭저럭 좋은 관계를 유지하며 살고 있었습니다. 또한 경제적으로도 어려움이 없었죠.

일에 관해서 큰 목표나 꿈도 없었고 그저 정년까지 일할 수 있으면 좋겠다고 생각했습니다. 그런데 문득 40대 후반이 되니 난 정말 이대로 괜찮은가? 하는 불안감이 생겨 잠을 못 잤다고 합니다.

나카무라 음…… 일이나 가족, 경제 모두 순조로운데도 걱정이 많았나 보네요. 우리 세대는 그런 평화로운 삶을 손에 넣기 위해 전쟁 중에도, 후에도 열심히 노력했는데요.

오쿠다 그런데 너무 평화롭고 변화가 없는 단조로운 삶도 그나름대로 불안한 것 같습니다. 그 여성은 비슷한 또래 동료들이 육아나 학업으로 고민하거나 힘들어하는 이야기를 들으면 불안해진다고 했습니다.

나카무라 자녀가 없는 삶이 불안하다는 말인가요?

오쿠다 아이가 없는 것 자체는 특별히 신경 쓰지 않았던 것 같습니다. 애초에 아이를 간절히 원하는 부부도 아니었고, '아이는 하늘에 맡기고 생겨도 그만, 안 생겨도 그만'이라는 마음으로 만족하며 살아왔다고 합니다.

나카무라 그런데 왜 불안해졌을까요?

오쿠다 그 여성의 말에 의하면 비슷한 나이대 사람들이 겪는 경험이 자신에게는 없다는 사실이 왠지 모르게 불안해졌다고 해요. 그래서 막연하게 내가 선택한 이 삶이 괜찮았던 것일까, 앞으로도 이대로 괜찮을까 하는 고민이 생겼다고 합니다.

나카무라 아, 이제 어떤 마음인지 알겠네요. 자녀가 없는 것에 후회는 없지만, 자녀를 키우면서 겪게 되는 어쩌면 가시밭 같은 경험을 하지 못한 게 마음에 걸리는 거군요. 무의식적으로 자신과 타인을 비교하는 심리인 것 같네요.

오쿠다 네, 그렇습니다. 남처럼 아이가 갖고 싶은 것이 아니라, 자신에게는 자녀가 없다는 점에서 '이걸로 정말 괜찮은지, 갖지 않아도 정말 괜찮은지' 같은 생각으로 문득 불안해지는 거죠.

나카무라 나도 지금 생각이 났어요. 비슷한 여성을 상담한 적이 있어요. 그 환자는 자녀를 둔 전업주부였지요. 크게 어려움 없이 원만히 살고 있었는데요. 어느 날 갑자기 이유 없이 불안해져서 한동안 진찰을 받으러 왔었지요.

오쿠다　그 환자도 무의식적으로 타인과 자신을 비교했나요?

나카무라　그게 말이에요. 선생이 말한 그 여성과는 반대 입장이었답니다. 그 환자는 일하는 사람과 자신의 삶을 비교했어요. "아이들이 어느 성도 자라니까 딱히 열중할 것도 없고, 그래서인지 아무 쓸모없는 사람처럼 느껴져요. 나는 이대로 괜찮은 걸까요?"라고 고민했지요.

오쿠다　그래서 선생님은 뭐라고 조언해 주셨나요?

나카무라　"그걸로 충분해요. 아이를 키운다는 건 그 자체만으로도 굉장한 일이랍니다."라고 했지요. "당신이 자기 생활이나 지금까지의 삶에 만족한다면 그걸로 충분하지 않을까요? 나는 나고, 그 사람은 그 사람이니까요. 혹시 자기 인생에 만족하지 않는다면 지금이라도 뭔가 새롭게 시작해 보면 어떨까요?"라고 말했던 기억이 납니다.

오쿠다　저도 앞서 이야기한 여성에게 비슷한 말을 건넸습니다. "어떤 인생도 완벽하지 않고, 모두 불완전해요. 그런 불완전한 부분도 사람에 따라 다양하죠. 따라서 자신의 불완전한 부분에만 집중하면 후회와 불안으로 가득해질 것입니다. 그러니 내가 가지고 있는 것, 내가 해온 일들에 조금 더 시선을 돌려볼까요?" 라고 말했습니다. 그리고 자신이 가지고 있는 것과 지금까지 해온 일을 종이에 써보게 했습니다.

나카무라 그거야말로 좋은 방법이네요.

오쿠다 그리고 나서 불안의 뿌리를 뽑아낼 수 있도록 했습니다. '왜 불안을 느끼는지'를 천천히 파고들게 하고, 반대로 '어떤 일이 있으면 불안이 없어질지'를 생각하게 했습니다.

그러자 '늙어서 남편이 먼저 세상을 떠나고 혼자 남으면 어쩌지? 육아로 고생하지 않은 대신 노후엔 쓸쓸해질 거야.'라는 불안의 뿌리를 발견할 수 있었죠.

나카무라 막연한 불안일지라도 찬찬히 찾아보면 그 근원을 발견할 수 있군요.

오쿠다 네, 그렇게 '노후에 혼자가 될지도 모르는 불안'이라는 뿌리를 발견했기 때문에 그것을 어떻게 해소할까에 집중했습니다. 그래서 그 여성에게 무엇을 하고 싶은지, 또는 무엇을 할 수 있을지를 생각하게 했습니다. 결론은 평생을 함께할 진정한 친구를 원한다라는 답을 찾았죠.

그 여성은 친구는 있었지만 그다지 깊은 교제를 하지 않았다고 합니다. 일에 열중했기 때문에 넓고 얕은 인간관계만 맺었던가 봅니다. 그래서 이 부분을 깨닫고 예전부터 친구가 권했던 봉사활동에 함께 참여하기 시작했습니다. 매달 정기적으로 친구를 만나다 보니 예전보다 더 그 친구와 가까워지게 되었죠. 또 새로운 사람들도 사귀게 되면서 불안감이 서서히 줄었다고 합니다.

나카무라 그것 참 잘 되었네요. 앞서 말했듯이 표면적인 인간관계는 스트레스가 될 뿐이지만, 정말로 마음 맞는 친구가 한 명이라도 있다면 노년을 보낼 때 서로에게 든든한 힘이 되지요. 나 역시 몇 안 되지만 수십 년 동안 사귀어 온 오랜 벗들이 있어서 가끔 그 친구들과 즐겁게 연락한답니다.

오쿠다 선생님은 친구를 통해 외로움을 채우려고 하지 않으시죠. 그것도 친구들과 좋은 관계를 유지하는 포인트 같습니다. 너무 의존하는 관계가 되면 상대의 결점이 쉽게 눈에 띄기도 하니까요.

이야기를 정리하자면, 막연하게 불안할 때는 무의식적으로 나와 타인을 비교하고 있지는 않은지 확인할 것. 그리고 삶의 불완전한 부분에만 집중하지 않는 것이 중요합니다. 그리고 할 수 있다면 '불안의 뿌리를 찾아' 해소한다면 더욱 좋겠습니다.

나카무라 그러네요. 이래저래 바쁘게 움직이다 보면 불안할 틈도 없어지니까요.

밤이 되면 불안해질 수 있으니, 몸을 바쁘게 움직여서 머릿속 불안을 떨쳐버리자

오쿠다 맞네요. 적절히 바쁘면 불안할 틈이 없어지는 효과가 있군요. 너무 바쁘면 몸도 마음도 너무 피곤해져서 좋지 않지만, 지나치게 여유가 있는 것도 불필요한 불안감을 불러일으키는 원인이 되어버리기 쉽습니다.

나카무라 내가 오롯이 느긋하게 보내는 시간을 좋아하게 된 것도 아마 바쁘게 일하는 시간이 길었기 때문일지도 모르겠네요. 시간적 여유가 있으면 해결되지 않는 일이 머리에서 떠나기 힘들지요.

오쿠다 그렇습니다. 사람들 사이에서 바쁘게 일하다 보면 그 반작용으로 혼자 멍하니 있고 싶어집니다. 시간적 여유가 있어 계속 불안을 느끼는 사람은 일이든 취미 활동이든 뭐든지 좋으니, 밖에 나가서 바쁘게 생활해 보는 것도 좋은 방법입니다.

그러다가도 고요한 밤이 되면 불안한 마음이 커질 수도 있습니다. 그러니 되도록 낮에 몸을 바쁘게 움직이고 일해서 밤에는 아무 생각 없이 푹 자는 습관을 들이는 것도 좋겠습니다. 선생님 젊은 시절이 그러셨죠?

나카무라 네, 그렇지요. 특히 집안일이 지금보다 훨씬 더 손이 많이 갔어요. 손쉽게 물건을 살 수 있는 마트나 편의점도 없었지요. 일을 마치고 시장에 들러서 필요한 저녁거리를 사고 서둘러 집에 돌아가서 저녁밥을 지었지요. 그런 다음 빨랫감을 모아 세탁을 하고 다림질이나 수선 같은 것을 하다 보면 눈 깜짝할 사이에 한밤중이 되어버렸답니다. 지금은 너무 편리해져서 이것저것 생각할 시간이 너무 많아진 게 아닐까요?

오쿠다 저도 그렇게 생각해요. 아무리 생각해도 알 수 없는 앞으로의 일로 고민하거나, 아무리 후회해도 바꿀 수 없는 과거를 떠올리며 결국 자신을 탓하죠. 저도 비슷한 경험을 한 적이 있는데요. 일단 그런 기분에 빠지게 되면 좀처럼 벗어나지 못하고 시간을 낭비하게 됩니다.

나카무라 자신과 마주할 시간을 충분히 갖는 것은 좋은 일이지만, 그로 인해 고민하는 시간까지 함께 늘어나게 돼서 안타깝네요.

미래의 일을 지나치게 걱정하거나, 생각해도 어쩔 수 없는 과거에 사로잡혀 있다는 것을 자각하는 게 중요하겠어요. 그런 생각들이 머리를 헤집으면 일에 몰두하거나 집안일을 하면서 그 생각을 머릿속에서 쫓아내는 노력을 해보자고 말하고 싶네요.

오쿠다 비슷한 맥락에서 보면, 최근 몇 년 동안 전 세계는 '코로나19 바이러스 감염 확산 뉴스'가 주를 이루었습니다. 그리고 이러한 뉴스로 인해 불안감이 커진 사람도 많았습니다. 선생님은 코로나19 바이러스보다도 더 두렵고 무서운 전쟁을 겪으면서 사춘기를 보내셨죠?

나카무라 그때는 정말 눈앞이 깜깜했지요. 그저 그날그날 해야 할 일을 필사적으로 할 뿐이었답니다.

오쿠다 당시에는 '나아가자 1억 불덩어리(태평양 전쟁을 1억 국민이 합심하여 승리로 이끌자는 내용 – 옮긴이)'이라는 슬로건이 있었는데요. 모두들 전쟁에서 승리하는 것을 목표로 살았나요?

나카무라 아니요. 나는 전쟁이 시작되었을 때부터 이미 일본의 패전을 예견했지요. 일본이 미국을 상대로 승리할 수 없다는 것은 조금만 생각해도 알 수 있었어요.

나처럼 예상한 사람들이 있었지만, 입 밖에 꺼내는 순간 사회적으로 매장당했을 거예요. 그래서 일본이 진다는 말은 차마 할 수가 없었답니다. 그런 상황에서 밝은 미래를 꿈꾸는 건 무리지요.

오쿠다 그래도 선생님은 열여섯에 여학교를 졸업하고, 곧바로 혼자서 히로시마의 오노미치에서 오사카로 가셨죠. 거기서 오사카여자고등의학전문학교에 입학하셨습니다. 그런 행동력과 용기가 대단해 보입니다.

나카무라 비록 한 치 앞도 알 수 없는 상황이었지만, 당장에 먹고 살아야 했으니까요. 그래서 미래는 하늘에 맡겼습니다. 나는 그저 눈앞에 놓인 일, 당장 먹고살기 위해 어쩌면 좋을지를 생각했답니다.

우리 집은 가난했고 어린 남동생도 둘이나 있었어요. 어떻게든 내가 벌어서 먹고살아야 했지요. 그러던 중에 할아버지께서 학비를 도와준다고 하셨어요. 그때는 의사가 되면 온전히 내 힘으로 살아갈 수 있을 것 같았어요. 그래서 오사카로 갔지요.

오쿠다   그러셨군요. 미래에 대한 고민은 잠시 제쳐두고 바로 눈앞에 닥친 일에 집중하셨군요. 지금에 집중하여 살아가는 것은 현대 사회에서도 많은 도움이 되는 마음가짐이에요.

수년 전부터 불교의 명상법 '마음챙김'이 유행하고 있는데요. 이 명상법도 미래나 과거에 얽매이기 쉬운 마음을 '지금 여기'로 집중해 살아가자고 말합니다.

나카무라   듣고 보니 그럴 수도 있겠네요. 특히 전쟁 중에는 잃어버린 과거나 먼 미래를 생각한다고 무슨 소용이 있었을까요. 누구든 의식적으로 오늘 해야 할 일, 지금 순간의 일에 집중했지요.

우선 먹을거리가 별로 없었던 시기였기에 그것을 마련하기 위해 필사적일 수밖에 없었지요. 그저 하루하루를 살아가는 게 최선이었어요.

오쿠다   네, 물론 현재를 사는 우리가 그 시절의 나카무라 선생님과 비교하는 것은 극단적일 수 있습니다만, 지금 시대에 맞춰 생각해 볼 수는 있을 것 같습니다. 코로나19처럼 예측할 수 없는 미래를 불안해하기보다 당장 해야 할 일, 눈앞에 집안일, 가족하고 시간을 보내는 일에 집중하자는 것이죠.

나카무라   맞아요. 전쟁 때와 비교하면 지금이 훨씬 낫잖아요. 하늘에서 폭탄이 떨어질세라 두려워하지 않아도 되고, 먹을 음식이 없어서 발을 동동거리지 않아도 되잖아요. 살 집도 있고, 사회 시스템이 무너진 것도 아니니까요. 우리는 불바다에서 끈질기게 살아남아 여기까지 왔어요. 그러니까 좀 더 자신들의 힘을 믿었으면 좋겠어요.

오쿠다   뭔가 힘이 막 생깁니다. 사느냐 죽느냐 하던 시절과 비교하면 지금은 충분히 견딜 수 있을 것 같습니다.

나카무라   그럼요. 할 수 있고말고요. 사람은 먹고 자는 것만 해결되면 어떻게든 살아갈 수 있어요. 눈앞의 날들을 소중하게 생각하고 매일을 살아간다면 내일의 태양은 반드시 떠오르지요.

내일의 걱정 어제의 후회가 마음을 차지한다면, 명상을 통해 '지금 여기'로 마음을 돌리자

나카무라 오쿠다 선생이 조금 전 말한 마음챙김 명상이 궁금하군요.

오쿠다 마음챙김은 한마디로 말하자면 현재를 온전히 느끼는 명상입니다. 과거나 미래에 사로잡혀 고민하는 마음을 '지금 여기'에 향하게 하여 온전히 집중하게 하는 훈련법입니다.

나카무라 아, 그것이 마음챙김 명상이군요. 인간의 마음은 방심하면 곧바로 현재가 아닌 어딘가로 날아가 버리기 쉽지요.

오쿠다 사실 제 주변에서 보면 선생님께서 마음챙김을 가장 잘하고 계십니다. 앞서 말했지만, 전쟁이라는 암흑시대에 살면서 불안에 짓눌리지 않고 오로지 '지금 여기'를 생각하며 살아남으셨죠.

전쟁이 끝난 후에도 마음에 갈피를 못 잡는 남편과 어떻게 살아갈지를 고민하며 그때그때 할 수 있는 일에 집중하면서 90세까지 모든 일을 담담히 해내셨죠.

나카무라 나야 살기 위해서 그렇게 할 수밖에 없었는걸요(웃음). 그런데 전쟁과 함께 청춘을 보낸 덕분인지 너무 깊게 고민하지 않는 습관이 생겼답니다.

내일 일을 걱정한다 해도 소용없고, 어제 일을 후회한다손 치더라도 시간을 되돌릴 수는 없으니까요. 그저 심기일전하는 거지요.

오쿠다 그런데 오히려 생활이 편리해지면서 텔레비전, 인터넷, 스마트폰 등을 통해 정보가 밀려들어와 '지금 여기'에 집중하기 더 어려워졌습니다.

게다가 불안을 부추기는 정보일수록 사람들의 시선을 더욱 잘 끌어당깁니다. 때문에 정보를 제공하는 쪽에서는 좀 더 자극적인 콘텐츠를 양산해서 내보내고 있습니다. 이 또한 하나의 문제입니다. 그래서인지 불교 명상법을 활용하여 마음챙김을 할 수 있는 훈련법이 주목받고 있습니다. 정신과에서도 심리치료 요법으로 활용하고 있습니다.

나카무라   그렇군요. 불교 명상법을 활용해서 마음챙김을 하는

군요. 선종 불교의 참선 같은 걸까요?

오쿠다   참선과 유사한 부분도 있지만 마음챙김 명상은 일상

생활 속에서도 할 수 있습니다. 예를 들어 심호흡

으로도 마음챙김 명상을 할 수 있습니다.

코로 공기가 들어가고 나가는 것을 느끼면서 천천히

숨을 들이마시고 배가 부풀어 오르는 것을 느낍니다.

그리고 숨을 내쉴 때도 서서히 배가 들어가는 것을 느

끼면서 공기의 흐름을 확실히 의식하고 숨을 내뱉습

니다.

이러한 몸의 변화에 정신을 집중하며 심호흡을 하게

되면 쓸데없는 생각을 버릴 수 있습니다. '지금 여기'

에 마음을 붙잡아 두는 거죠.

나카무라   아, 심호흡으로도 충분히 마음챙김 명상을 할 수 있군

요. 생각보다 쉬워서 쉽게 따라 하겠어요.

오쿠다   네, 그렇습니다. 그 밖에도 음식을 이용한 명상도

있습니다. 우선 먹으려고 하는 음식의 냄새, 색, 형태

등을 후각, 시각, 촉각을 사용하여 느껴봅니다.

빵을 예로 들어 볼까요? 빵의 색과 형태를 찬찬히 바

라보며 표면의 모양, 오목하고 볼록한 부분, 구워진 색
등을 되도록 자세히 살펴봅니다. 그리고 코앞으로 빵
을 가져와 천천히 냄새를 맡습니다. 그다음 빵을 서서
히 입에 넣습니다. 바로 씹지 않고 혀 위에 놓고 굴리
면서 맛과 혀의 감촉, 그리고 입안에서 퍼지는 향을 충
분히 느낍니다. 그러고 나서 천천히 꼭꼭 씹으면서 맛
이나 형태의 변화를 가능한 한 느끼면서 먹습니다. 이
것이 '음식 명상'입니다.

나카무라　어머나, 오감을 사용하여 음식과 먹는 행위에 집중하
는 것이군요.

오쿠다　네, 선생님. 바로 그거입니다. 오감에 집중하며 마
음을 '지금 여기'에 향하게 하여 지금, 여기에
집중하게 하는 것이죠. 현재에 집중할 수 있으면 마
음이 미래나 과거로 향하는 것을 막을 수 있죠. 이것을
일상생활 속에서 실천한다면 불안이나 후회에 얽매이
는 일이 점점 줄어들고 눈앞의 일에 집중하기 쉬
워진다고 합니다.

나카무라　그렇군요. 나는 즐길 시간도 없이 당장 눈앞의 일에만
몰두하며 살아왔지만, 지금은 달라요. 요즘 사람들은

토머스 윌머 듀잉의 류트를 든 여인(Lady with a Lute by Thomas Wilmer Dewing), 1886

삶이 풍요로워진 만큼 마음을 '지금 여기'에 붙잡아
둘 수 있는 여러 노력이 필요하겠어요.

충분한 수면과 균형 잡힌 식사, 평온한 저녁 시간으로 마음에 영양분을 주자

나카무라 오쿠다 선생도 '지금 여기'에 마음을 두기 위해 노력
하고 있나요?

오쿠다 실은 꽤 걱정이 많은 성향이라 의식적으로 '지금 여기'
에 마음을 잡아두려고 애쓰는 편입니다. 또한 저한테
맞는 실천 방법을 만들어서 일상에 적용 중입니다.

나카무라 그래요, 선생은 섬세한 편이지요. 나는 걱정할 수밖에
없는 환경이었지만, 애초에 성격이 느긋한 편이라 그
나마 잘 지나갔나 봐요. 그런데 모든 사람이 다들 그렇
지는 않으니, 정신과 전문의로서 오쿠다 선생이 실천
하는 방법을 알려주면 좋겠네요.

오쿠다 우선 첫째도 수면, 둘째도 수면입니다. 저 같은 경
우는 하루에 7시간 수면이 가장 알맞은데 수면이 부

족하게 되면 다음 날에 반드시 부정적인 생각이 많아집니다. 이것은 수면 의학 분야에서도 증명된 사실이죠. 질 좋은 수면을 충분히 취하면 뇌의 피로가 해소되어 감정이 안정됩니다. 또한 수면 중에는 싫은 기분이나 나쁜 기억이 옅어져서 다음 날 아침이면 긍정적인 기분이나 생각을 가지게 됩니다.

나카무라 그렇지요. 나 또한 충분히 자는 편이랍니다.

오쿠다 그 외에는 식사에도 신경을 쓰는 편입니다. 고기, 생선, 달걀, 콩류 같은 단백질과 채소와 과일 등 비타민·미네랄류 그리고 적정량의 탄수화물을 적어도 하루에 두 끼는 섭취하려고 노력합니다. 균형 잡힌 식사는 '세로토닌'과 '도파민' 같은 심신 안정과 의욕 향상에 도움이 되는 뇌 속 물질의 원료가 됩니다. 제대로 된 영양분을 섭취하여 긍정적인 사고와 행동력의 바탕을 만드는 거죠.

나카무라 과학적으로 생각하는군요. 나는 먹을 것만 있으면 다행이었는데, 정말 좋은 시대네요. 그런데도 젊은 사람 중에 우울증 환자가 그렇게 많다죠.

오쿠다 네, 저도 우울증 환자들을 많이 진료하는데요. 요즘에는 온 오프 구분이 없어진 게 크지 싶습니다. 계속 켜져 있는 사람이 많은 거죠.

나카무라 활동할 때와 활동하지 않을 때를 온 오프라고 말하는 건가요?

오쿠다 대략 그렇습니다. 퇴근을 해서도 컴퓨터나 스마트폰으로 계속해서 업무를 보는 거죠. 회사(업무)에서 집(사생활)으로의 전환이 잘 안 되는 거예요.

더욱이 퇴근 후 집에 돌아가서도 잘 모르는 타인의 SNS를 보거나 사소한 이야기를 나누는 등 계속해서 외부와 소통합니다. 군이 자신이 몰라도 될 정보가 머릿속에 들어차고, 타인과 자신의 처지를 무심코 비교하게 됩니다.

나카무라 이런, 마음 편히 쉬기 힘들겠어요. 내가 젊은 시절에는 집에 들어가면 가족하고 대화를 나눌 시간이 있었어요. 물론 밤에는 업무상 연락도 거의 없었고요. 퇴근 후에는 직장이나 다른 사람과 자연스럽게 거리를 두었지요.

일하는 중에는 물론 다른 사람이 신경 쓰이고, 여러 가지 말을 들으니, 스트레스를 받기도 하지만, 퇴근하는 순간 일에서 완벽하게 분리될 수 있었지요. 집에 돌아오면 내가 의사라는 사실도 완전히 잊어버린 채 가족을 위해 시간을 보냈으니까요. 밤까지 다른 사람이나 일에 신경을 써야 한다면 정신적으로 상당히 피곤할 것 같네요.

오쿠다 그래서 저도 과감하게 잘 모르는 사람과 인터넷상에서 이어지는 것은 그만두고, 밤에는 가족이나 친한 사람들과 시간을 보내려고 합니다. 다양한 정보나 사람들과의 만남을 조절하여 마음의 평안을 유지해 보고 싶습니다.

나카무라 너무 여유로워도 불안해지고, 너무 바빠도 우울해지니 요즘 세대는 진짜 힘들겠어요.

오쿠다 중요한 것은 완급 조절, 다시 말해 균형을 맞추는 것 같습니다. 선생님처럼 몸과 마음을 바쁘게 움직이는 시간과 몸의 힘을 빼고 오롯이 혼자 편안해지는 시간을 적절히 잘 분리하는 거죠. 그렇게 강약 조절을 잘한다면, 몸과 마음의 건강을 유지하면서 나이 들 수 있을 것 같습니다.

자기혐오에 빠질 때는 '뭐, 어쩔 수 없지'라며 단념하고 얼른 잠자리에 들자

오쿠다 그런데 선생님, 일상생활 속에서 갑자기 느껴지는 불안 중에 조금 까다로운 것이, 바로 자기혐오입니다.

나카무라 생각해 보니 외래에서 "가끔 나 자신이 너무 싫어져요."라고 말하는 사람이 있었지요.

오쿠다 저 또한 그렇지만, '일을 왜 더 잘할 수 없을까, 왜 나는 다른 사람과 더 잘 지낼 수 없을까' 같은 생각으로 자신을 몰아세우는 사람이 적지 않습니다. 자기혐오에 빠지면 자기에게 자신감이 없어져 점점 괴로워집니다.

나카무라 나도 사실 젊었을 때는 종종 자기혐오를 느꼈어요. 지금도 가끔 그럴 때가 있답니다.

오쿠다 노련한 정신과 전문의인 선생님께서도 자기혐오에 사로잡혀 자신감을 잃어버릴 수도 있군요! 어쩐지 인간적으로 느껴집니다. 그렇다면요. 혹시 그런 기분에서 벗어날 비법이 있을까요? 어떻게 하시나요?

나카무라 사실 나는 원체 자신감이 있지도 않았을 뿐더러 자신감을 가질 필요성을 느끼지 못했어요. 원래 나는 이런 사람이기 때문에 실패해도 당연하고, 사람과 잘 사귀지 못해도 당연하다고 생각했지요.

그래도 일이 잘 안 풀리는 날에는 자기혐오를 느끼기도 했답니다. 그럴 때면 술 한잔하고 얼른 잠이나 자자! 하면 그만이었지요.

오쿠다   (웃음)너무나 선생님다우십니다! 그런데 지금 선생님 말씀에 큰 힌트가 숨겨져 있습니다. '자신감을 가질 필요성'이라는 부분입니다.

우리는 자신감이 없을 때 자기혐오에 빠지기 쉬우니까요.

나카무라   내가 할 수 없었던 일이나 실패한 일들을 계속 생각할 때 자기혐오에 빠지지 않나요? 하지만 애초에 나 같은 건 원래 별거 아니라고 생각하면 만약 실패하더라도 '뭐, 어쩔 수 없지'라고 자신을 용서할 수 있지요.

대체로 실패해서 풀이 죽어 있을 때 이런저런 생각을 한들 좋은 생각이 떠오를 리가 없잖아요. 나는 이번에는 어쩔 수 없으니, 다음에 더 열심히 해야지.

오늘은 일단 자자라고 생각하고 잠을 잡니다.

오쿠다 기분 전환이 놀랍게도 빠르시군요!

나카무라 어찌 보면 이 또한 힘든 시기를 겪고 살아온 배짱 덕
분이겠네요. 계속 말하지만, 먹고살기 바빠서 자기혐
오를 느낄 겨를이 없었지요.

오쿠다 '이번에는 어쩔 수 없으니, 다음에 더 열심히 해야지.
오늘은 일단 자자'라는 말 정말 좋습니다! 저도 바로
실천해 보고 싶습니다. 아무튼 자기혐오는 우연한 계
기가 원인이 되기 때문에 참으로 곤란합니다.

나카무라 맞아요. 갑자기 자기혐오에 빠져버리면 이것을 막을
방법은 없어요. 하지만 너무 그것에만 몰두하지 않고
잠을 자면, 다음 날 아침이면 기분이 바뀌어 있는 경우
가 많지요. 잘하면 완전히 잊어버릴 수도 있고요.

오쿠다 밤에는 선생님 방법대로 하면 좋을 것 같습니다. 저 같
은 경우는 낮에 머릿속에서 자기혐오가 계속 맴돌 때
좋아하는 드라마나 영화를 보면서 기분 전환을
합니다.

영상에는 큰 힘이 있어서 자기혐오에 빠져 있더라도
내가 좋아하는 드라마나 영화 또는 애니메이션을 보

고 있으면, 생각과 의식이 점점 드라마나 영화 쪽으로 자연스럽게 옮겨갑니다. 저는 그렇게 기분전환이 되더라고요.

나카무라   지금은 그런 방법으로도 기분을 전환할 수 있겠네요.

오쿠다   네, 저는 밝고 힘이 나는 드라마나 영화가 좋습니다. 다만 사람에 따라서는 땀을 흠뻑 쏟을 정도로 운동하거나 춤을 추는 게 좋다는 사람도 있습니다. 좋아하는 음악을 크게 틀어놓는 사람도 있죠.

사람은 모두 서로 다르기에 자기혐오에 빠질 때는 너무 그것에 몰두하지 않도록 밤에는 '일단 잠을 자기', 낮에는 다른 곳에 의식을 돌려 집중하기를 통해 기분을 빠르게 바꾸는 것이 중요합니다.

사람 얼굴이 저마다 다른 것처럼 우리 인생도 모두 다르다

오쿠다   이유는 모르겠지만 많은 사람이 자기만 자기혐오에 빠진다고 생각합니다. 하지만 누구나 자기혐오에 빠질 수 있습니다.

주위에서 모두가 부러워할 만한 사람이라도 콤플렉스 하나쯤은 갖고 있어서 그 부분을 자극하면 자기혐오 에 빠지기 쉽습니다. 특히 어쩌다 남과 자신을 비교 하게 될 때면 무조건 자기혐오에 빠지고 말죠.

나카무라 맞아요. 타인과 자기를 비교하는 것은 꼭 피하는 편이 좋지요. 때로는 자기혐오에 빠지기도 하고, 때로는 '저 사람보다 내가 더 나아'라는 오만함이 생기기도 합니 다. 어느 쪽이든 다른 사람과 비교해서 좋을 것이 하나 도 없지요.

오쿠다 바로 그겁니다. 또다시 SNS를 이야기하게 되는데요. 누군가 SNS에 올린 글을 보고서 무심결에 그것을 자 신과 비교해 버리는 사람이 많습니다.

어쩌다가 나보다 잘난 사람, 내게 없는 것을 가지고 있 는 사람, 내가 일이 잘 안 풀릴 때 행복해 보이는 사람 의 존재를 알게 되는 겁니다.

나카무라 SNS는 '오늘 무엇을 했다, 누구와 만났다, 가족이나 친구와 이런 신나는 일을 했다'라며 자신의 삶을 타인 에게 공개하는 거지요?

오쿠다 맞습니다. 매일 자신의 일상생활을 빠짐없이 보고하는 사람이 있는가 하면은 자기에게 좋은 일이 있을 때나 자랑하고 싶은 일이 있을 때만 글을 올리는 사람도 있습니다.

나카무라 저로서는 상상할 수 없는 세계네요. 나를 너무 드러내는 것이나 다른 사람에 대해 너무 많이 아는 것은 결코 나에게 도움이 되지 않아요.

굳이 보고 싶지도 않은 다른 사람의 삶을 쉽게 볼 수 있다는 건 어색하게 느껴지네요.

오쿠다 그래서 자신도 모르게 다른 사람의 삶이나 생활을 자신과 비교하게 되어서 자기혐오로 이어지는 일도 많은 것 같습니다.

나카무라 그렇군요. 다른 사람과 내 얼굴이 다르듯, 타인과 내 삶 또한 당연히 다르다는 것을 사람들이 알았으면 좋겠네요. 다른 사람에게는 있고 나에게는 없는 것이 있다면, 나에게는 있지만 다른 사람에게는 없는 것도 있답니다.

이처럼 자신과 타인의 차이를 찾으려고 하면 얼마든지 발견할 수 있지요. 일일이 반응하고 우울해하면 끝이 없을 거예요.

오쿠다　지금은 타인의 생활이나 행동을 지나치게 구체적으로 알 수 있는 시대인 만큼 굳이 남과 비교하지 않도록 신경 써야겠어요.

제 생각에는 업무 외적으로 SNS를 자주 보는 습관은 고치는 편이 좋은 것 같습니다.

마음 상태가 좋을 때는 시간을 정해서 즐기고, 우울하거나 기분이 좋지 않을 때는 멀리하는 게 방법이 될 수도 있겠습니다.

나카무라　그렇지요. 다른 사람의 생활을 자주 들여다보면 나도 모르게 자신과 비교해 버리니까요. 이는 정신 건강에도 매우 좋지 않답니다.

오쿠다　어쨌든 현실 세계에서뿐만 아니라 인터넷상에서도 사람들과 적당한 거리를 유지하는 것이 필요하네요.

인생의 답은 마지막이 되어야 알 수 있으니,
지금은 현재에 충실하자

나카무라 나를 다른 사람과 비교할 필요가 없는 이유가 한 가지
더 있어요.

오쿠다 그게 무엇일까요?

나카무라 내가 타인보다 뒤떨어지거나 부족하다고 느끼는 것
자체가 그저 편견일 경우가 종종 있거든요.

물론 나보다 우수한 사람을 만나면 그 사람이 완벽해
보이기도 해요. 그런데 내가 지금까지 다양한 사람들
을 만나 많은 이야기를 들어보니 그래요. 남부럽지 않
은 좋은 환경을 가진 사람도, 너무나 행복해 보이는 사
람도, 모두 자기만의 고민과 열등감을 가지고 있었지
요. 사람이라면 모두 예외가 없어요. 완벽하게 행
복한 사람은 찾기 어렵답니다.

오쿠다 그렇네요. 겉으로는 화려해 보이고 많은 사람에게 둘
러싸여 즐거워 보이는 사람도 속으로는 마음을 나눌
친구가 없어서 외로움을 느끼기도 하죠. 또한 직장에
서 승승장구하는 사람도 알고 보면 가정의 불화로부

터 도망쳐 일에 파묻혀 지내기도 하니까요.

나카무라 맞아요. 게다가 한동안 힘든 일이 있더라도 그 상황이 계속되지는 않아요. 지금껏 내가 만난 사람들을 봐도 온전히 행복만 쭉 지속되는 사람도 없었어요. 반대로 온전히 불행만 계속되는 사람도 없었고요. 우리 인생은 시시각각으로 다양하게 변하기 때문이지요.

오쿠다 제행무상이라는 말이 떠오릅니다. 영원히 변하지 않는 것은 없다. 모든 만물은 늘 변한다. 따라서 지금의 행복이 같은 형태로 지속되지도 않고, 현재의 괴로움이 영원히 계속되지도 않는다.

간단하게 말하면, 모두 조금씩이지만 결국은 변한다는 거네요. 자기 삶의 방식이 옳은지 그른지, 행복한지 불행한지 아무리 지금 결론을 내봤자 훗날 어떻게 변할지는 알 수 없다는 말씀이군요.

나카무라 그렇지요. 아흔두 해나 살아온 사람으로서 장담하는데, 인생에는 옳은 답도 틀린 답도 없답니다. 인생사 새옹지마라고들 하잖아요. 그 당시에는 좋은 일이라고 생각했어도 이후에 불행으로 이어지는 일도 있고, 반대로 안 좋은 일이라고 여겼어도 나중에 돌고 돌아서 행복으로 이어지기도 하지요.

그러니 우리는 지금 나에게 주어진 일을 성실히 하면 돼요.

오쿠다 자신이 신중하게 생각하고 결정한 일은 이후에 어떠한 결과로 이어지더라도, 그것이 그 당시로서는 최선의 선택이었다는 거군요.

몸을 돌보지 않으면 건강을 해치듯이, 마음도 보살피지 않으면 병이 든다

오쿠다 우리는 매번 자신에게 맞는 최선의 선택을 합니다. 망설이거나 불안해하면서도 신중하게 생각하고 행동했다는 사실은 틀림없습니다.

하지만 예상했던 결과로 이어지지 않을 때는 그 사실을 잊어버리고는 '왜 그랬지? 다른 선택을 했다면 좋았을 텐데'라며 바로 자신을 몰아세우는 경향이 있죠.

나카무라 그래요. 내가 선택한 결과가 좋지 않을 때는 아무래도 자기를 탓하기 쉬운 법이지요. 그런데 난 말이지요. 그럴 때는 자신을 질책하기보다는 자신에게 조금은 너그러워져도 좋다고 생각해요. 물론 반성도 중요하지만, 자기를 마구잡이로 몰아세우는 일은 그만두는 편이 좋아요. 모두들 쉽게 잊곤 하는데요. 나의 가장 든든한 지원군은 비로 나 자신이랍니다.

오쿠다 겸손을 미덕으로 생각하는 사람들은 성공을 해도 온전히 자신을 칭찬하지 못합니다. 반면, 실패하면 자기 탓을 하는 사람도 많습니다. 그런데 자기를 너무 탓하게 되면 앞으로 나아갈 힘이 없어집니다.

실패했을 때는 우선 자신을 돌아보고 원인을 분석해서, 다음 기회에 활용하는 것이 최선입니다. 그렇게 다음을 위해서 힘을 비축해 두는 거죠. '그때는 그게 최선이었어'라고 자기에게 괜찮다는 표현을 해주는 것도 필요하겠죠.

나카무라 앞에서도 인생사 새옹지마라고 했지만, 과거 실패가 자양분이 되어 언젠가 행운을 가져다줄 수도 있어요. 그러니 너무 자신을 다그치며 괴롭히기보다는 나처럼 운일랑 하늘에 맡기고 얼른 자는 게 최고랍니다.

오쿠다 역시 잠이 보약이죠. 하지만 너무 앞이 막막하면 잠을 못 자는 사람도 있어요.

'도저히 잠이 안 와, 잠을 자도 깊이 못 자고 몇 번이나 깨지, 아침에 일어나면 기분이 전혀 개운하지 않아, 매일 우울하고 괴로워'와 같은 일이 반복된다면 그것은 마음의 병입니다. 저 같은 정신과 의사에게 꼭 상담을 받아야 합니다.

나카무라 맞아요. 자신을 너무 몰아세우는 행동은 우울증의 전형적인 증상 중 하나예요. 자기 힘으로 도저히 잠을 잘 수 없을 때는 빨리 치료를 받는 게 좋지요.

그런데 거듭 말하지만, 매일 불쑥 찾아오는 자기혐오나 자책감들은 하룻밤 푹 자고 일어나면 해소되거나 약해지는 경우도 많아요. 그러니 너무 심각하게 받아들이지는 마세요. 그게 바로 자신의 가장 든든한 지원군이 되는 방법이에요.

오쿠다 생각해 보면 아무리 자기 자신이 싫다는 사람도 부지런히 밥을 챙겨 먹고 몸을 씻으며 자신을 돌봅니다. 그러한 행동은 무의식적으로 자기 몸을 소중히 여기고 있다는 뜻이지요.

우리 몸은 쉬지 않고 활동하는 세포들 40조 개 이상으로 이루어져 있는데요. 이 세포들을 소중히 여기고 돌볼 사람은 자신뿐이에요.

이렇게 말하면 "부모가 되면 나보다는 자식이 더 중요해져요!"라고 반론할 수도 있겠지만, 그것도 곰곰이 생각해 보세요. 아이의 슬픈 얼굴을 보면 부모인 내 마음이 괴롭기 때문에 신경 쓰는 것 아닐까요?

나카무라 그렇네요. 여하튼 자기가 한 일을 지나치게 평가하거나 판단하지 않는 게 좋아요. 자신이 행복한지, 성공한 인생인지에 대해 너무 심각하게 고민하지 마세요. 결국 행복이나 성공도 시시각각으로 변하니까요.

오쿠다 우선은 잘 먹고 잘 자고, 자기 몸과 마음을 소중히 돌보며 주어진 일이나 가족 돌보기 같은 눈앞의 일을 하나씩 해나가면 되는 겁니다. 자신을 너무 몰아세워서 지금 해야 할 일에 집중할 힘까지 소진해 버리면 하나를 얻고 둘을 잃습니다.

나카무라 맞아요. 자기를 몰아세우는 데 열중하기보다는, 넉넉한 마음으로 한 걸음만이라도 나아가는 편이 도움이 되는 법이지요.

빈센트 반 고흐의 밤의 카페(Le Café de Nuit by Vincent van Gogh), 1889

칼럼

몸과 마음을 건강하게 가꾸기 위한 수면과 음식

수면과 식사는 신체뿐만이 아니라 마음의 건강과 안정에도 큰 역할을 합니다. 지금부터 몸과 마음을 건강하게 가꾸기 위한 수면과 식사의 기본을 소개합니다. 평소에 꼭 실천해 보세요.

● **수면의 기본**

- 가능한 한 하루에 6~7시간 이상(고령자는 5~6시간 정도) 연속 수면을 합니다.

- 충분히 잠을 자지 못한 다음 날에는 빨리 집에 돌아와 잠자리에 들어 '부족한 수면'을 보충합니다.

- 주말 같은 휴일에는 일주일 동안 쌓여있는 부족한 수면을 충족하기 위해 2~3시간 더 자도 좋지만, 오전에는 일어납니다. 만약 기상 시간이 오후가 돼버리면 생체 리듬이 깨져 다음 날 일어나기 힘들어집니다.

- 잠들기 전 음주는 쉽게 잠들 수 있게는 하지만, 수면의 질에

는 좋지 않은 영향을 주기 때문에 마시지 않는 것이 좋습니다. 만약 저녁에 반주를 한다면 잠자기 2~3시간 전까지 적당량만 마셔야 건강한 수면을 취할 수 있습니다.

- 오후 5시 이후에는 커피, 홍차, 녹차 종류 등 카페인 음료를 마시지 않습니다.

- 잠자기 전에 하는 게임, 스마트폰, 인터넷 서핑은 수면의 질을 떨어뜨립니다. 따라서 취침 시간 1~2시간 전부터는 하지 않습니다.

● 식사의 기본

- 피로회복의 원료인 단백질(고기, 생선, 달걀, 콩류), 뇌와 신체에 즉각적으로 에너지를 공급하는 탄수화물(빵, 밥, 면류, 구황작물, 옥수수류), 지방(버터, 올리브 오일, 식용유 등), 그리고 이러한 영양소를 몸에 흡수하기 위해 필수적인 기능을 하는

채소, 해조류, 과일류 등을 각각 균형 있게 섭취합니다.

- 아침 식사는 가능한 거르지 않고 챙겨 먹습니다. 아침 식사
는 체온을 올려주고 몸이 활동할 수 있도록 준비하며, 의욕
과 집중력 향상에 도움을 줍니다. 그래도 시간이 없는 사람
은 우유(또는 카페라테)와 바나나 정도도 충분하니, 뭐든지
먹도록 합시다.

- 다이어트 중이라도 극단적인 편식은 하지 않습니다. 당질을
끊는 '당질 제한 다이어트'나 동물성 단백질을 먹지 않는 채
식, 한 가지 식품만 먹는 원푸드 다이어트 등은 신체 상태뿐
만 아니라 기력이나 집중력에도 나쁜 영향을 주므로 피하는
것이 좋습니다.

집에서 할 수 있는 마음챙김 명상법

집에서도 실천할 수 있는 대표적인 명상법 '비파사나 명상'을 소개합니다. 비파사나 명상은 '내 마음을 살피는 명상'입니다. 자기 마음을 통찰하는 힘을 얻는 동시에 마음을 성장시키는 효과가 있습니다.

● 비파사나 명상법

① 바닥에 방석이나 천을 깔고 가부좌를 하고 등을 폅니다. 편한 발을 위로 올리면 됩니다. 가부좌를 할 수 없는 환경에서는 의자에 등을 펴고 앉습니다(이때 의자 등받이에 기대지 않습니다). 손은 무릎 위에 살짝 포개어 얹습니다.

② 눈을 감고 코로 숨을 천천히 들이마십니다. 그때 콧속으로 들어오는 공기의 감각이 잘 느껴지는 부분을 의식하며, 호흡할 때의 공기 흐름을 느낍니다.

③ 공기가 들어오고 나가는 흐름을 코끝의 한 점에서 '느끼고',

호흡하고 있다는 것을 '자각'합니다. 2번와 3번을 계속해서 반복합니다.

막상 이 명상법을 시작하면 1분 동안은 코끝에 의식을 두지 못할 것입니다. 어떤 외부의 자극으로 인해 나도 모르게 업무나 집안일 등이 머릿속에 떠돕니다. 예를 들어 시곗바늘 소리가 들리면 '아, 몇 시에 전화해야 하는데!'라든가, '아이는 지금쯤 무엇을 하고 있을까?'라든가 여러 가지 생각이 떠오릅니다.

그리고 때로는 화남, 불안, 걱정과 같은 감정이 생길 수도 있습니다. 멀리서 들리는 아이 울음소리를 듣고 내가 누군가와 싸웠던 순간이 뇌리에 되살아날 수도 있습니다. 그러나 이러한 생각이나 감정이 생겨도 괜찮습니다. 잠깐 거기에 생각이 팔렸더라도 그때마다 호흡하고 있음을 다시 자각하면 됩니다.

즉 '지금 생각하고 있다, 분노의 감정이 일어났다' 등을 인지

하고 더는 깊이 생각하거나 감정을 쫓지 않으면 됩니다. 다시 공기가 콧속을 지나가는 감각으로 의식을 되돌립시다. 이것을 계속 반복합니다.

비파사나 명상은 불교에서처럼 '무(無)'를 지향하지 않아도 됩니다. 애초에 특수한 수련을 받지 않은 사람이 생각을 멈추고 '무'가 되는 것은 매우 어렵습니다. 비파사나 명상은 생각이나 감정이 생길 때마다 정신을 가다듬고 실행하면 그뿐입니다. 코끝으로 의식을 되돌리는 작업을 계속해서 반복하는 것만으로도 마음이 '지금 여기'에 안정하기 쉬운 효과를 얻을 수 있습니다.

하루에 단 몇 분 만이라도 꾸준히 해보세요.

비파사나 명상을 계속하다 보면 사소한 자극이나 계기로 생각과 감정이 생겨나는 자신의 '마음 구조'를 체감할 수 있습니다. 게다가 내 마음 구조를 관찰하여, 내 마음을 괴롭게 하는 근본 원인을 깨닫게 되는 효과도 기대할 수 있습니다.

4장

/

죽음과 제대로
마주하는 방법

나에게 물어보자,
5년 후 죽는다면 무엇을 하고 싶은가?

오쿠다 선생님께서는 일흔이 넘어서부터 '이제는 언제 죽어
도 괜찮다'라고 종종 말씀하셨잖아요.

세상에는 평균수명을 넘긴 80세 고령자라도 자기 죽
음을 몹시 두려워하는데요. 선생님께서는 어떻게 '죽
음'에 대해 미련 없이 의연하게 생각하실 수 있었나요?

나카무라 내가 그래 보였나요(웃음)? 아무래도 언제 죽을지 모
르는 전쟁을 겪었기 때문일 거예요. '죽음'은 나이와
상관없이 누구나 언제든 맞닥뜨릴 수 있다는 것

을 피부로 느꼈던 거지요.

전쟁터에서 죽는 것 말고도 공습을 당하기도 했고, 전쟁이 끝난 후에는 영양실조나 결핵에 걸려 죽는 사람도 많았으니까요. 그런 환경에서 사춘기 시절을 보내면 저절로 죽음에 대해서 다시 생각하게 된답니다.

오쿠다 죽음을 향해 담담한 태도를 갖게 된 이유에 대해 조금 더 이야기해 주시겠어요?

나카무라 음, 아무리 발버둥을 쳐도 모든 사람이 죽음에서 도망칠 수는 없다는 걸 저절로 안 거지요. 죽음은 언젠가는 반드시 마주해야 하는 순간이라고 머릿속에서 늘 나 자신한테 말한 것 같아요. 그때가 언제 다가올지는 오직 신만이 알겠지요. 그렇기에 쓸데없는 걱정은 하지 말고 죽음이 나를 찾아오면 미련 없이 깨끗하게 가려고요.

오쿠다 선생님은 젊어서부터 죽음과 제대로 마주했기 때문에 그 담담함이 몸에 배어 있는 거군요.

나카무라 그렇지요. 죽음은 내게 매우 가까웠지요. 두려워해도 소용없다는 것을 알았답니다. 그 덕에 언제 죽음이 찾아와도 괜찮을 수 있도록 매일 할 수 있는 일을 열심히 해왔지요.

오쿠다 물론 그때의 상황이나 감정은 잘 모르지만, 조금은 이해가 됩니다. 저도 예전에 호스피스 병동에서 죽음에 임박한 환자들을 만났거든요.

나카무라 호스피스 병동에서 일하셨었군요. 선생은 여러 환자의 죽음을 가까이에서 지켜봤겠네요.

오쿠다 네, 암으로 사망하는 사람은 고령자뿐만이 아니라, 아직 어린 사람들도 적지 않았습니다. 호스피스 병동에서 근무하면서 나도 언제라도 불치병에 걸리거나 사고를 당할 수 있다는 자각이 생겼습니다. 덕분에 오늘 할 수 있거나 하고 싶은 일은 무리가 없는 선에서 '하자', 전해야 할 것은 '전하자'라고 생각하게 되었죠.

나카무라 맞아요. 바로 그 마음가짐이에요. 물론 아이들이 어릴 때는 "아직은 죽고 싶지 않습니다. 이 아이들이 홀로 서기 전까지 건강하게 일할 수 있게 해주세요."라고 신에게 기도하며 살았지만요.

아이들이 모두 독립하고 나서는 '언제든 맞이할 준비가 되었답니다'라는 마음으로 살고 있지요. 근데 아흔

살이 넘었는데도 좀처럼 찾아오질 않으니 이것 참 곤란하네요(웃음).

오쿠다 저 역시 아이들이 독립할 때까지는 건강하게 일하고 싶다고 간절히 바라고 있습니다. 그래서 건강 검진도 빼먹지 않고 반드시 합니다. 그래도 마음속 어딘가에서는 어쩌면 내 수명은 내 생각보다 짧을지도 몰라라면서 '만일'을 생각합니다.

그래서 사랑하는 가족과 더 많은 시간을 함께 보내고 싶은 마음이 듭니다. 만약 호스피스 병동에서 일하지 않았다면 죽음과 진지하게 마주할 기회가 없었겠죠. 그러면 중요한 일을 자꾸만 뒤로 미룬 채로 지금보다 더 일에 빠져 살았을지도 모르겠네요.

나카무라 의학의 발달로 수명이 점차 늘어난 것은 다행이지만, 그렇다고 해서 인간이 죽지 않을 방법은 없지요. 더구나 지금은 옛날처럼 죽음이 우리 가까이에 있다고 생각하지 않아요. 그래서 대부분 자신의 죽음을 아주 먼 미래의 이야기처럼 여기는 듯해요.

오쿠다 그렇죠. 선생님과 저처럼 생사를 가까이 보는 사람이 아니라면, 대부분 일상에서의 죽음은 완전히 분리되어 있습니다.

나카무라 　죽음이 너무 가까이에 있어도 곤란하지만, 때로는 '내가 죽을 때는 어떤 느낌일까? 나는 언제쯤 죽을까?'를 상상하는 것도 나쁘지 않답니다.

오쿠다 　저도 그렇게 생각합니다. 자기 인생에 반드시 마지막이 있다는 것을 자각하고, 상상해 보는 것은 셀프 코칭에서 자주 사용하는 기법입니다.

혹시 내가 5년 후에 죽는다면 무엇을 하고 싶은가?를 생각해 보면 저절로 나에게 필요한 것, 중요한 것이 보이게 되죠. 저 또한 가끔 스스로에게 이 질문을 던지며 중요한 일을 소홀히 하거나 미루고 있지는 않은지 점검합니다.

나카무라 　맞아요. 바로 그거랍니다. 내 목숨이 언제 다할지 모른다는 사실을 자각하면 허울뿐인 관계나 무의미한 쾌락에 빠져 시간을 낭비하는 일이 없지요. 해야 하는 일의 우선순위도 쉽게 정할 수 있고요.

오쿠다 　호스피스 병동에는 오육십 대도 있었는데요. "하고 싶은 일을 열심히 하고 살았으니, 만족해요."라며 평안하게 죽음을 받아들이는 환자들도 꽤 보았습니다.

그런데 칠팔십 대의 고령자가 "아직 죽고 싶지 않아. 아직 하고 싶은 일이 있는데!"라고 후회하며 생을 마감하는 것도 보았지요. 이를 보면서 나이가 인생의 만족을 느끼는 척도가 아니라는 사실을 강하게 깨달았습니다.

나카무라 자기 인생의 마지막을 의식하면, 하루하루를 소중하게 살게 되지요. 그런 나날을 쌓아가다 보면 마지막 때가 다가와도 후회가 적을 거 같아요. 설령 아직 다하지 못한 일이 있다 한들 그 또한 열심히 살아온 결과이니까요.

하고 싶은 일을 미루지 않으면,
마지막에도 웃을 수 있다

오쿠다 호스피스 병동에서 마지막에 죽음을 거부하며 후회하는 환자들은 '몇 년만 더 살면 ○○ 하려고 했는데, 은퇴하면 ○○ 하려고 했는데' 같은 말을 자주했습니다.

나카무라 그러면 반대로 평안하게 마지막을 맞이한 사람은 어땠나요?

오쿠다 그런 사람들은 '하고 싶은 일은 대체로 다 해봤으니 후회는 없어, 내 마음대로 살아봤으니 괜찮아' 같은 말을 하고 조용히 웃었습니다.

미련 없이 죽음을 맞이하는 사람들이 건강할 때부터 죽음을 의식하고 살았는지는 알 수 없지만, 하고 싶은 일을 가능한 한 미루지 않고 실행해 온 것만은 확실합니다.

나카무라 그렇지요. 하고 싶은 일을 미루는 것만큼은 피하는 것이 좋답니다. 남에게 폐가 되지 않는 선에서는 마음껏 해보면 좋겠어요. 남의 시선을 의식하지 말고 내가 하고 싶은 일을요.

보통 우리는 동조 현상에 휘둘리기도 하는데요. 조금이라도 주위 사람과 다르게 행동하면 '괴짜'라고 부르기도 하고 '제멋대로 행동한다'고 말해요. 사회 분위기상 남의 시선을 신경 쓰지 않는 게 쉽지는 않겠지만, 내가 하고 싶은 일을 미루는 게 더 좋지 않다는 걸 염두에 두었으면 해요. 최대한 내가 하고 싶은 일을 해나간다면 평균수명보다 짧은 생을 맞이하더라도 후회는 남지 않을 거예요.

오쿠다   미래를 위해서 현재를 희생하는 게 아니라, '지금 여기'를 소중히 여기자는 말씀이시죠? 더불어 하루하루를 최대한 나답게 자기 마음에 솔직하게 지내는 것이 이상적이란 뜻이 되겠네요.

물론 완벽하게 자기가 하고 싶은 일을 다 할 수 있는 사람은 많지 않겠죠. 그래도 하루에 한두 시간이라도 좋으니 내가 정말 하고 싶은 일을 하는 것은 마음 건강을 지키기 위해서도 필요합니다.

나카무라   내가 젊었을 때와 비교하면 지금은 남자든 여자든 자유롭게 할 수 있는 일이 참 많아요. 남에게 큰 폐를 끼치지 않는 범위에서, 내가 하고 싶은 대로 뭐든 해도 괜찮지요. 나한테 '제멋대로'라고 말하는 사람은 내가 자기 마음대로 움직여주지 않거나 맞춰주지 않으니 그저 떼를 쓰는 걸 수도 있어요. 이것은 나쁜 버릇이랍니다. 꼭 우리 세대의 몫까지 자유롭게, 나답게 살았으면 좋겠네요.

오쿠다   제멋대로 살아도 괜찮은 거군요!

나카무라   그럼요. 사람에 따라 '자기다움'은 다르기에 꼭 스스로

납득할 수 있는 시간을 보내면 좋겠네요.

젊었을 때는 집을 위해서 열심히 일했고 아이들이 독립하고 나서도 결국은 일 중심의 삶을 살았어요. 하지만 그 또한 내가 선택한 것이기에 매우 만족한답니다. 심지어 나는 일하는 것을 별로 좋아하는 편이 아니에요. 아이들이 독립했어도 딱히 하고 싶은 일도 없었기에, 일을 하는 편이 다른 사람에게 도움도 되고 지루하지도 않아서 오래 일하게 되었지요.

돌이켜보면 그것이 내가 나름대로 하고 싶은 일이었지요. 계속 일에 열중하는 인생도 괜찮고, 또 다른 하고 싶은 일이 있다면 그것을 즐겼으면 좋겠어요.

오쿠다 환자 중에는 '아이들을 키우느라 나만의 시간이 없어'라든가, '부모님 간호로 내가 하고 싶은 일을 할 시간이 전혀 없어'라고 한탄하는 사람도 있는데요. 선생님은 그런 사람들에게 어떻게 조언해 주시나요?

나카무라 육아의 경우에는 "아이를 낳은 것은 스스로 결정했잖아요. 그렇듯 아이 양육 또한 스스로 선택한 일이랍니다. 그러니 힘내세요. 가끔은 주변의 도움을 받으며 육아에서 잠시 벗어나 보세요. 괜찮아질 거예요."라고 종종 말했지요.

불행인지 다행인지, 부모님과 남편은 내 병시중이 필요하기 전에 모두 떠났어요. 그래서 적절한 조언은 어렵겠지만, 그런 경우 이렇게 말할 거 같아요. "요양시설에 맡기지 않고 집에서 돌보기로 선택한 것은 바로 자신이지요? 그렇다면 내가 결정한 일은 내가 하고 싶은 일이 아닐까요?"라는 맥락으로 말이지요.

오쿠다 '내가 결정한 일은 내가 하고 싶은 일'이라는 말이 본질을 꿰뚫고 있네요. 저도 병간호와 관련하여 몇 번인가 환자를 상담한 적이 있습니다. '부모님이 요양 시설에 가기 싫다고 말했기 때문에, 남편이 집에서 부모님을 돌보고 싶다고 강력하게 원했기 때문에' 등처럼 다른 사람을 탓하는 환자일수록 스트레스 지수가 높았습니다.

나카무라 결국 '싫다!'라고 말하지 않은 것은 자신이에요. 정말로 싫다면 단호하게 '아니요!'라고 거절해야 해요. 그런데도 싫다고 말하지 않는 쪽을 선택한 거예요.

표면적으로는 '요양 시설에 보내는 게 안쓰러워서, 남편과 싸우고 싶지 않아서' 등의 이유가 있겠지요. 하지만 이면에는 자신이 착한 사람, 좋은 사람이 되고 싶은 걸 수도 있지요. 결국에는 스스로 선택한 것이나 마찬가지랍니다.

오쿠다 정말 그러네요. 싫은 일은 거절하는 게 맞습니다. 하지만 싫다고 함으로써 이기적이다, 배려가 없다 등의 말을 들으며 손가락질 받고 싶지 않은 겁니다. 그래서 말하지 않는 쪽을 선택한 것입니다. 이런 경우는 병간호뿐만 아니라 다양한 인간관계에서도 볼 수 있습니다.

나카무라 맞아요. 무슨 일이든지 '스스로 결정하고 선택했음'을 인지하는 게 중요하지요. 나는 원치 않았는데 억지로 다른 사람 때문에 하게 되었다는 상황이 스트레스를 더욱 가중시키잖아요.

오쿠다 네, 모든 일은 결국 자기가 주체적으로 결정했다는 걸 깨달으면 인생을 컨트롤하기 수월해집니다. 남들 눈치 때문에 좋은 사람, 착한 사람으로 사는 건 힘듭니다. 하고 싶은 대로 해보세요. 편하게 자기주장을 펼칠 수 있을 겁니다.

나카무라 예를 들어 처음에는 잘해 보려고 생각했던 병간호가

앙리 마르탱의 목동과 세 뮤즈(Berger et Ses Trois Muses by Henri Martin), 연도 미상

길어져 마음이 지쳤다면요. 솔직하게 그런 마음을 주변 사람들에게 알리고 전문가의 손을 빌리는 게 좋아요. 설령 주변에서 이기적이라고 말할지라도 그때는 '신경 쓰지 않기'를 선택하면 됩니다.

오쿠다 병간호든 육아든 일이든, 자신이 견딜 수 없는 상황이 되면 누가 뭐라고 해도 상관없습니다. 지금 상황을 바꾸는 일에 용기를 가지세요. '이기적이라는 말'을 들으면 좀 어떻습니까. 자기 생각을 전달하거나 행동하는 것이 중요합니다. 그것이 바로 내 인생을 나답게 사는 것입니다.

몸을 움직이기 어려워지더라도 즐길 수 있는 취미를 찾아보자

나카무라 앞서 '생각보다 빨리 죽음을 맞이할 수 있음을 염두에 둬야 한다'고 했는데요. 반대로 나처럼 오래 사는 경우도 대비해야 할 것 같아요(웃음).

오쿠다 (웃음)물론입니다. 최근 일본에서의 평균수명을 보면,

여성은 87세, 남성은 81세입니다. 앞으로는 선생님처럼 90세를 넘어 오래 사는 사람들이 많을 겁니다. 그런 의미에서라도 선생님의 조언이 꼭 필요합니다.

나카무라 삶이 오래 진행 중인 내가 가장 당부하고 싶은 것은 이거예요. 몸이 건강할 때 하고 싶은 일이나 취미 생활을 마음껏 즐기라는 겁니다. 나는 여행을 좋아해서 국내에 가고 싶은 곳은 건강할 때 거의 다 다녀왔어요. 그래서 지금은 지팡이 생활로 거동이 불편해도 별로 후회가 없답니다.

오쿠다 틈틈이 국내 여행도 많이 다니셨군요.

나카무라 그랬지요. 나는 딱히 취미라고 할 만한 건 없지만, 여행을 좋아했기에 틈만 생기면 여행을 다녀왔어요. 꼭 여행이 아니더라도 밖에서 하는 활동이나 취미는 몸이 건강할 때만 할 수 있으니까 미루지 않는 것이 좋지요. 공연 관람, 운동, 배우는 일, 봉사 활동 등 하고 싶은 일은 늦기 전에 도전해 보세요.

오쿠다 선생님께서는 그렇게 하셨기 때문에 지금 후회 없는 노후를 보내고 계시는군요.

나카무라 후회하는 일이 전혀 없다면 거짓말이겠지만 그래도 꽤 만족스러운 삶을 살았다고 생각해요. 한 가지 아쉬운 점이 있다면, 다리가 부러져서 일을 그만두게 되어서 이제 집에만 있게 되었잖아요. 감당하지 못할 정도로 시간이 많아지니 집에서 할 수 있는 취미가 있었으면 좋았겠다는 작은 아쉬움이 있어요.

오쿠다　그렇군요. 얼마 전 한 어르신이 밖에서 즐길 수 있는 취미와 집에서 즐길 수 있는 취미가 있으면 노후를 충분히 즐길 수 있다고 말씀하셨어요. 늙으면 몸이 생각대로 움직이지 않을 수도 있으니, 집 안과 밖에서 즐길 수 있는 취미를 모두 가지고 있으면 좋다는 취지였습니다. 그렇게 따지니 선생님께서는 '집에서 즐길 수 있는 취미'가 필요하시네요.

나카무라　맞아요. 다리가 부러져서 지팡이를 짚게 되고, 또 코로나19로 전혀 외부 활동을 할 수 없을 때 많이 느꼈어요. 그러니 집에서 하는 일이라곤 텔레비전을 보거나 책을 읽는 것뿐이죠. 물론 그것도 그 나름대로 나쁘지는 않지만, 그래도 좀 더 시간을 보내고 즐기면서 집중할 수 있는 취미가 있다면 더 좋지 않았을까 싶어요.

오쿠다　예를 들어, 몸을 마음대로 움직일 수 없어도 충분히 즐길 수 있는 그림 그리기, 수예, 짧은 시 짓기 등이 있을 것 같습니다.

또 이제는 고령자도 디지털 기기를 즐겨 사용하는 시대이기에, 아날로그적인 취미뿐만 아니라 스마트폰 같은 IT 기기를 통해 집에서도 즐길 수 있는 것들이 참 많아요. 집에서 간편하게 영상으로 대화를 나눌 수도 있으니까요. 물론 잘 모르는 사람들과 SNS로 소통하는 일에 푹 빠지는 것은 추천하지 않습니다만.

나카무라 나는 고작 이메일 보내는 것이 전부이지만, 이것만으로도 오쿠다 선생과 쉽고 편리하게 의견을 주고받을 수 있어서 매우 만족한답니다. 또 손자나 친척, 옛 동료들과도 가끔 메일을 주고받는데요. 기분 전환도 되고 참 좋지요.

나는 원래 집에서 빈둥거리는 걸 좋아하기에 꼭 집에서 즐길 취미가 없어도 괜찮아요. 혼자 텔레비전을 보면서 느긋하게 지내기도 하고, 가끔 아들 내외나 손자, 손녀들과 함께 시간을 보내면 그걸로 만족하지요.

오쿠다 선생님은 고독이 두렵지 않다고 하셨죠?

나카무라 네, 별로 외롭다 생각되지 않아요. 일주일에 몇 번씩

와주는 도우미가 있어서 말하기 싫어도 자연스럽게 말하기도 하지요. 나이가 들어서 나처럼 자유롭게 움직일 수 없게 되면 혼자서라도 기분 좋게 지내야 남은 삶을 잘 살아갈 수 있을 것 같아요.

오쿠다 그렇군요. 몸이 건강할 때는 친구들과 놀러 가거나 동아리나 취미 활동 등에 참여할 수 있지만, 나이가 들어서 몸을 움직이기 힘들어지면 자연히 집에 있는 시간이 늘어날 수밖에 없죠.

나카무라 그래요. 또래 친구들도 나와 비슷한 몸 상태가 될 테니까요. 은퇴 후에는 조금씩 혼자만의 시간에 익숙해지는 것이 좋다고 생각해요.

여러 번 이야기했지만, 고독은 나쁜 것이나 부끄러운 것이 아니에요. 물론 가끔 이야기를 나눌 가족이나 친구도 필요하지만, 그렇다고 해서 그 사람들과 온종일 같이 지낼 수는 없잖아요. 특히 대개 여자가 남자보다 오래 산다니까 혼자만의 시간에 익숙해져야지요.

고독에 익숙해지는 것은 어렵지 않다,
일에 좀 더 시간과 수고를 들여서 마음을 다하자!

오쿠다 고독에 관한 이야기를 좀 더 해보자면, 혹시 고독에 익숙해지는 선생님만의 비법이 있을까요?

나카무라 비법이라……. 나는 젊어서부터 혼자 있는 걸 좋아했어요. 누구도 신경 쓰지 않고 편하게 있을 수 있어서 오히려 마음이 편했지요.

오쿠다 혼자 있으면 사람이 그립거나 외롭지는 않았나요?

나카무라 그렇지 않았다기보다는 그럴 여유가 없었지요. 이미 말했지만, 예전에는 지금처럼 세탁기나 반찬 가게 같은 것이 없잖아요. 빨래는 일일이 손으로 빨고 짜서 말려야 했지요. 그리고 퇴근 후에는 하나하나 장을 봐서 식사를 준비하다 보면……, 한밤중이 되겠죠(웃음)?

오쿠다 요즘은 세상이 너무 편리해져서 그만큼 무료한 시간도 늘어난 것 같습니다. 그래서 사람들이 예전보다 더 외로움을 느끼는 걸 수도 있겠네요. 선생님의 이야기에서 힌트를 얻자면 혼자만의 시간이 많아질 때는 일부러 좀 더 시간이 걸리는 방법을 선택해도 좋을 것 같습니다.

예를 들어 집안일에도 굳이 정성을 들이는 거죠. 요리할 때는 천연재료를 사용하여 국물을 우려내거나, 청소할 때는 걸레질을 해보는 겁니다. 그렇게 집안일을 정성껏 하면 보람도 생기지 않을까요?

그 밖에도 정원이나 텃밭을 가꿔보는 것도 재미있을 것 같습니다.

요즘에는 집에서도 들을 수 있는 온라인 학습이 다양하게 있으니 한번 시작해 보는 것도 좋겠습니다.

나카무라 좋은 생각이군요. 지금은 예전과 달리 이것저것 해볼 시간이 많아요. 우리 때에는 다른 사람과 연락하려면 이메일은커녕 전화도 없었답니다. 거의 한 시간이나 걸려 편지를 쓸 수밖에 없었지요.

오쿠다 편지 쓰기도 좋은 것 같습니다. 저는 대부분 전화, 이메일, 메신저로 연락을 주고받기에 가끔 손 글씨로 쓴 편지를 받으면 그렇게 기분이 좋습니다. 디지털이 일반화되기 전 시대에서 여러 가지 힌트를 얻을 수 있겠어요.

저는 〈동경 이야기〉로 유명한 오즈 야스지로 감독의

영화를 좋아하는데요. 그의 영화에는 1920년대 초반의 느긋하고 여유로운 정취가 넘쳐나서 보고 있으면 마음이 편안해집니다.

나카무라 그래요. 예전에는 뭐든지 천천히 시간이 흘러가서 시간과 노력을 들여 생활했던 것 같아요. 그래서 애초에 다른 사람들과 놀이나 취미 등으로 관계 맺을 시간이 많지 않은 삶이었죠.

오쿠다 그런데 지금은 무슨 일이든 간에 '효율성'을 따지고, '빨리'를 외치며 사람들을 재촉하게 되는 것 같습니다.

나카무라 그러네요. 하지만 무슨 일을 하든지 천천히 흘러가는 시간에 익숙해지면, 반대로 아무것도 하지 않고 혼자서 멍하게 있는 시간도 괜찮질 거예요.

오쿠다 일리 있는 말씀이에요. 일에 좀 더 시간과 수고를 들여서 마음을 다하다 보면, 자연히 혼자 지내는 시간이 길어집니다. 그러면 더는 다른 사람과 자주 어울리지 않아도 괜찮아지는 거죠.

그렇게 되면 선생님처럼 특별히 무언가를 하지 않아도 혼자 있는 시간이 편안해질 것입니다. 그렇게 고독과 친구가 되는 경지에 오를 수 있겠네요.

제임스 해밀턴의 일몰의 해변 풍경(Beach Scene at Sunset by James Hamilton), 1865-1870년경

나카무라 선생님의 건강 비결, 현실에 순응하기

나카무라 선생님은 90세까지 정신과 전문의로서 활동하셨습니다. 의사 경력 71년이라는 경이로운 의사 생활 동안 건강과 활력을 어떻게 유지했는지, 그리고 비결은 무엇인지를 물었습니다. 그랬더니 의외의 답변이 돌아왔습니다.

"그저 아무 생각도 하지 않고 살았을 뿐이에요."

식사나 영양에 대해서도 다음과 같이 답하셨죠.

"주어진 것에 감사하며 모든 것을 맡긴답니다."

확실히 나카무라 선생님은 모든 것에 욕심이 적은 편입니다. 그래서 식생활도 특별한 고집 없이 그저 주어진 음식에 감사하며 먹는 삶을 살아오셨죠.

이렇게 선생님이 건강을 유지할 수 있었던 것은 계속 병원에 근무하셨기 때문일지도 모릅니다. 왜냐하면 병원에서 주는 균형 잡힌 식사를 그저 감사하는 마음으로 매일 규칙적으로 드셨기 때문이죠.

즉 나카무라 선생님은 특별한 음식을 추구하거나 찾는다는 생각 자체가 없으므로 적당한 양의 음식을 몸이 요구하는 만큼만 드셨던 것 같습니다. 그러한 행동이 자연스럽게 '배가 덜 차게 먹는 식습관'이 되어 마르지도 찌지도 않는 건강한 체형을 유지하게 된 것이죠.

나카무라 선생님은 건강을 위한 특별한 방법이나 실천 없이 그저 눈앞에 주어진 일과 가족을 보살피는 일에 전념해 왔을 뿐입니다. 그리고 필요 이상의 사치를 하지 않는다는 신념 때문인지, 바쁜 가운데에서도 전철로 출퇴근을 하셨고, 직장이나 가정에서도 다른 사람에게 일을 넘기거나 미루지 않고 열심히 사셨습니다.

지금 생각해 보면 이러한 것들이 저절로 적당한 유산소 운동이 되어 선생님의 건강 수명을 늘려 주었던 것 같습니다.

그리고 제3장에서도 이야기했듯이 집에 돌아가면 일에 관한 것은 일절 생각하지 않고, 바로 이불 속으로 들어가 잠을 청하는 것이 선생님의 일과였습니다.

선생님의 건강법에 특별한 비밀이 있을 거로 생각했던 나로서는 조금은 맥이 빠지는 답변이었지만, 일상생활 속에서 건강에 좋은 기본적인 방법들이 매일 자연스럽게 실천되고 있었습니다.

잘못된 건강법이나 체질 개선, 고급 식재료나 보충제 등에 지나치게 집착함으로써 오히려 식생활의 균형을 잃거나 건강을 해치는 사람들도 많은 가운데 나카무라 선생님의 '연연해하지 않는' 운동, 식사, 수면의 기본에 충실한 생활은 건강 관련 정보가 넘쳐나는 시대를 살아가는 우리에게 좋은 힌트가 될 것입니다.

앙리 마르탱의 데이지꽃 화병(Vase de Marguerites by Henri Martin), 연도 미상

5장

웃는 얼굴로
마지막을 맞이하기

고령자라면 마주하게 되는 연명치료,
확실히 알아두자

오쿠다　선생님은 꽤 오래전부터 언제 죽음을 맞이해도 괜찮
　　　을 정도로 준비해 오신 것 같은데요. 5장에서는 그 이
　　　야기를 나누고 싶습니다.

나카무라　좋지요. 우선 나는 될 수 있는 한 편안하게 죽음을 맞
　　　이하고 싶어요. 그래서 60세가 되면서 가족에게 연명
　　　치료는 절대 하지 말라고 말했답니다. 혹시 내게 만
　　　일의 사태가 일어난다고 할지라도 인공호흡기도, 심
　　　폐소생술도 하지 말라고 일러두었지요.

오쿠다   무슨 말씀이신지 알겠어요. 저도 고령자가 된 의료인
이 연명치료 의사를 밝힌 것을 지금까지는 본 적이 없
습니다. 물론 저도 마찬가지고요. 기본적으로 의료인
이 원하지 않는 치료는 환자에게도 권하지 않는 편이
좋다고 생각합니다. 하지만 지금도 많은 병원에서 고
령자에 대한 연명치료가 이루어지고 있습니다.

나카무라   아무래도 현실은 그렇지요.

오쿠다   평균수명을 넘는 80세의 고령자도 호흡이 불안정해지
면 가족의 선택에 따라 인공호흡기를 연결하고 중환
자실에서 치료가 이루어질 수 있습니다.

신종 코로나바이러스 감염증을 치료하기 위해서 인공
호흡기나 에크모(체외식 인공심폐기)가 사용된다는 뉴
스가 많이 보도되면서, 이런 기기를 사용하면 폐렴이
낫고 원래대로 건강해진다는 잘못된 인식이 퍼졌습니
다. 또 그로 인하여 그 어느 때보다 고령자에게 인공호
흡기를 사용하는 특수 연명치료(수분 및 영양공급을 하
는 일반 연명치료와 심폐소생술 및 인공호흡기 등 특수 장
비가 필요한 특수 연명치료가 있다 - 옮긴이)를 원하는 가
족이 늘었다고 합니다.

나카무라 네, 일반인은 기관내삽관을 '호흡을 도와주는 기계 장치' 정도로 인식하고 있지요.

오쿠다 고령자라면 언젠가 마주해야 할 문제이므로 이번 기회에 자세히 설명하겠습니다.

인공호흡기를 사용하게 되면 입에서 목 안쪽으로 튜브를 밀어넣고 강제로 기계에 연결하여 숨을 쉬게 합니다. 이때 의식이 있으면 매우 괴롭습니다. 그래서 마취제를 사용하여 재웁니다. 그 후 며칠이 지나도 호흡 상태가 나아지지 않으면 계속해서 목에 튜브를 넣어둘 수 없기에, 이번에는 목을 절개하고(기관절개), 캐뉼러(기도를 확보하는 튜브)를 직접 목에 꽂습니다.

나카무라 그렇게까지 해도 원래대로 돌아갈 수는 없지요.

오쿠다 그렇습니다. 고령자일수록 당연히 몸은 노화되어 있기에 인공호흡기로 특수 연명치료를 실시해도 호흡 기능이 정상적으로 돌아오지 않는 경우가 많습니다. 또한 몇 주 동안 침대에 누워서 치료를 받으니, 몸의 근력도 저하되고, 제대로 의식이 돌아오지 못하는 경우도 꽤 많아요.

결과적으로 생명은 살렸다고 해도 제대로 말할 수도

없고, 정상적인 식사도 할 수 없는 '누워있는' 상태가 됩니다. 그렇게 몸에 여러 개의 링거와 관을 연결하여 스파게티 상태(몸에 여러 개의 튜브나 관이 꽂혀 있는 상태)가 되는 고령자가 매우 많습니다. 그런데 그런 사실을 많은 사람이 모릅니다.

나카무라 맞아요. 그런 환자들을 수없이 많이 봤습니다. 평균수명을 훌쩍 넘은 노인이 연명치료를 받으면 좋은 게 정말 하나도 없지요. 설령 생명을 연장할 수 있다고 해도 급격히 운동 능력이 떨어져서 대부분 자리보전만 하게 돼요. 몸이 괜찮아진다 해도 휠체어를 타기에도 힘들지요.

게다가 급작스럽게 치매가 진행되는 일도 빈번해요. 배변 활동도 스스로 할 수 없어 기저귀도 차게 되지요. 그런 상태가 되면 몸 전체의 기능이 쇠약해지고, 음식물을 잘못 삼키기 쉬워요. 이때는 입으로 음식물을 섭취하는 것은 금지되어 중심정맥영양(튜브를 중심정맥 가까이에 삽입하여 몸에 필요한 영양을 보급하는 방법 - 옮긴이)으로 고농도 영양 수액을 주입하거나, 코에 튜브(비위관)를 넣어 유동식을 넣게 되지요.

오쿠다 중심정맥영양에 대해 조금 더 보충하여 설명하겠습니다. 일반인이 쉽게 보는 팔에 꽂는 링거 바늘은 가느다란 말초 정맥에 주사하는 것입니다. 가는 정맥에 고농도의 수액을 투여하면 바로 염증이 생기기 때문에 저농도의 수액을 흘려보내는 거죠.

그렇기에 식사 대용이 되는 고농도 영양 수액을 넣으려면 쇄골하정맥 같은 중심정맥 가까이에 바늘을 꽂아 카테터를 유지해야 합니다(체내에 삽입하여 약제 등을 주입하기 위한 통로 확보 목적으로 사용하는 관 모양의 기구를 카테터라 함 – 옮긴이).

그리고 코에 비위관을 삽입하여 유동식을 흘려보내는 방법은 비교적 간단하고 안전하지만 불쾌감을 동반합니다. 그래서 오래 입원하는 환자는 배 피부에 구멍을 뚫는 '위루 영양'을 처치하기도 합니다. 그렇게 위루를 만들고 거기로 유동식을 받아 살아가는 고령 환자가 많습니다.

나카무라 사실 나는 위루관만큼은 절대로 하고 싶지 않아요! 위루관을 꽂은 상태로 살라는 것은 내겐 고문이나 다름없어요. 그저 스스로 밥을 먹지 못하면 떠날 때가 왔다고 생각하려고요.

오쿠다 저도 같은 생각입니다. 고령이 되면 폐렴에 걸리지 않더라도 치매나 심부전 등의 다양한 요인으로 입으로 음식물을 섭취할 수 없게 됩니다. 그러한 환자에게는 당연하다는 듯 인공영양이 행해집니다.

저 또한 병원에서 가슴 아픈 사례들을 많이 봤습니다. 정맥영양이나 위루관 등 인공적인 연명치료로 '존엄한 죽음'을 맞이하지 못하는 환자들을 보았습니다. 침대에 누워 많은 튜브에 연결된 채 자리보전만 하는 거죠. 인지장애를 앓는 고령자는 몸에 불쾌한 감각을 주는 튜브를 빼려고 하기에, 천으로 만들어진 벨트로 손과 몸을 침대에 묶는 일도 있습니다.

나카무라 게다가 누워만 있으면 대체로 욕창이 생기고 근육이 빠져서 관절도 딱딱해져요. 꼼짝도 할 수 없게 된 몸으로 그저 침대에 누운 채 영양분을 받아 생명을 유지한다…… 과연 그렇게까지 하면서 계속 살고 싶은 사람이 있을까요?

얀 스타니슬라브스키의 하얀 정원 벤치(Die Weiße Gartenbank by Jan Stanislawski), 1880-1890년경

자연스럽게 마지막을 맞이하려면, 유서를 미리 준비하자

나카무라 일본의 생애 말기 의료에 대해 대략적인 이야기를 나눴는데요. 오쿠다 선생은 해외의 연명치료 실태에 대해서도 잘 아시나요?

오쿠다 호주, 네덜란드, 스웨덴 등에서는 인지장애나 침대에 누워만 있는 고령 환자에게 인공영양이나 정맥영양은 전혀 하지 않는 것 같습니다.

또한 오스트리아, 스페인, 미국 등에서도 현저히 낮은 비율로 실시하고 있다고 합니다. 인공영양으로 연명해 누워있는 고령 환자의 수는 일본에 비해 압도적으로 적다는 거죠. 미야모토 겐지와 미야모토 레이코 선생의 《서구에는 침대에 누워만 있는 노인이 없다》를 읽고 많이 놀랐던 기억이 있습니다. 20여 년 전까지만 해도, 미국과 유럽 등지에서 노화로 기력이 쇠해진 고령 환자에게 인공영양을 투여한 사례가 빈번했더군요. 전 당연히 종교적인 이유로 행하지 않았다고 생각했거든요.

그렇게 시간이 흘러 불필요한 처치를 하면 할수록 생애 말기에 고통을 더할 수 있다라는 결론에 도달했나 봅니다. 그래서 오늘날 고령 환자의 자연사를 권장하기에 이른 셈이죠.

나카무라 그렇군요. 나도 오랜 의사 생활 경험을 통해 고령 환자의 마지막은 자연에 맡기는 것이 가장 자연스럽다고 확신해요.

무리하게 링거와 위루관을 통해 영양을 주입해도 몸에서 거부하면 부종이나 욕창의 원인된답니다. 인간은 말이지요. 밥을 먹지 못해 쇠약해지면 저절로 머리의 회전도 잘 안되고 의식도 멍해져 고통도 느끼지 못해요.

오쿠다 제가 일했던 호스피스 병원은 존엄사 의료에 충실했습니다.

더는 식사할 수 없게 된 말기 암 환자에게 링거를 통해 인공적으로 수분과 영양을 과하게 넣으면 오히려 고통이 커집니다. 그래서 연명치료를 최소화하여 진통제 정도만 투여하면서 자연의 섭리에 맡겼죠. 그렇게 환자 몸의 상태에 따라 촛불이 스르르 꺼지듯 자연스럽게 임종을 맞이했습니다.

나카무라 맞아요. 암이든 노환이든 자연의 섭리에 맡기는 편이 낫지요. 현대 의료 기술로 아픔과 고통만 덜어주고, 나머지는 내버려 두는 편이 인간답고 편하게 죽는 방법 같아요. 나 또한 죽기 직전에 시행하는 심폐소생술을 절대로 하지 말라고 자식들에게 단단히 일렀답니다.

오쿠다 스웨덴에서는 80세 이상의 중증 고령 환자가 회복 가능성이 없다고 판단되면 중환자실에 들어갈 수 없다고 합니다. 통증이나 고통만을 줄여주는 존엄사 의료에 충실한 거죠. 다만 일본은 아직 이에 대한 논의가 늦어지고 있습니다.

코로나19 사태 때 인공호흡기가 부족한 상황에서 고령자보다 젊은이를 우선하는 것을 '의료 붕괴 또는 생명 선별이다'라고 언론에서 떠들었습니다. 고령자에게 앞뒤 생각 없이 무작정 인공호흡기를 달아 연명치료를 하면 도리어 고통을 주는 현실을 전혀 몰랐던 거죠.

나카무라 대부분 의료 현실을 잘 모르기 때문이에요. 나는 앞으로 중증 폐렴에 걸리면, 그게 원인이 무엇이든 간에 하늘이 정한 제 수명이라 생각하고 받아들일 거랍니다.

사실 수십 년 전부터 고령자가 폐렴이나 심부전 등으로 중태가 되었을 때는요. 가족에게 연명치료의 고통을 충분히 설명하여 가능한 한 인공호흡기 사용을 피해 왔어요.

오쿠다 맞습니다. 대부분 가족에게 연명치료의 장단점을 자세히 설명하면 편안하고 인간답게 마지막을 맞이할 수 있기를 선택합니다.

연명치료를 하지 않고 자연스럽게 마지막을 맞이할 수 있는 고령자 간호 시설이나 병원도 조금씩 늘고 있다고는 하지만, 아직 일반적이지는 않습니다. 게다가 가족이 연명치료를 원하면 아무리 90세에 가까운 노인일지라도 인공호흡기를 달아야 합니다.

나카무라 가족이 연명치료를 원하면 의사가 이를 거절할 수도 없으니까요. 그러니 60세가 되면 서서히 가족에게 확실한 자신의 의사를 전하는 게 좋답니다.

오쿠다 바로 그거예요! 폐렴에 걸렸을 때 인공호흡기뿐만 아니라, 인지장애나 심부전 등 노환의 경우에도, 인공영양은 일절 필요 없다고 생각하는 사람은 자기의식이 또렷할 때 가족에게 직접 확실한 의사를 전해야 합니다.

지금의 일본 의료 현장이나 제도에서는 가족이 원하면 중심정맥영양이나 위루 등을 통해 인공영양을 할 수밖에 없습니다. 또 현장 의사들 사이에서는 '음식을 먹을 수 없게 된 고령 환자에게 인공영양을 하지 않고 그대로 두는 것은 굶겨 죽이는 행위와 같다'라는 생각도 지배적이죠.

어찌되었든 일본 의료는 연명지상주의입니다. 존엄사나 안락사의 논의가 늦어지는 일본에서는 환자 본인과 환자 가족의 분명한 의사가 없는 한 의료진은 연명치료를 해야 합니다. 그렇지 않으면 만일의 의료 소송에서 의사 측이 패할 수 있습니다.

그래서 환자가 의식이 없거나 인지장애가 있다면, 반드시 가족에게 인공영양 여부를 포함한 연명치료의 판단을 맡겨야 합니다.

나카무라 맞습니다. 그래서 나는 미리 자식들에게 확실히 말해 놨지요. 또 관여할 수 있는 형제자매가 있다면, 그들에게도 미리 전해 두는 편이 좋답니다.

오쿠다 저는 아직 50대이지만, 교통사고와 같은 외상으로 인한 뇌사 상태가 될 수 있다는 것도 염두에 두었습니다. 회복할 가망이 없거나 큰 장애가 남을 것 같으면 절대로 연명치료를 하지 말라고 강하게 말해두었죠.

가족이 의료인이라서 반드시 제 의사를 존중해 줄 거라고 믿습니다. 하지만 만일을 위해 문서로도 만들어 두려고 합니다. 지금 이 책을 읽는 독자도 연명치료를 받지 않기로 결정했다면 가족이나 친척에게 의사를 전하는 동시에 문서로 남겨두기를 권합니다.

나카무라 그게 존엄사 선언서 같은 거지요?

오쿠다 맞습니다. 생애 말기를 맞이했을 때의 행해질 의료 선택에 대해서 사전에 스스로 자기 의사를 표명한 문서입니다. 물론 일본존엄사협회의 사전의료지시서(우리나라는 사전연명의료의향서와 연명의료계획서가 있다 – 옮긴이)가 많이 알려졌지만, 그 외에도 사전연명의료의향서(우리나라의 경우, 사전연명의료의향서는 비용이 들지 않으나 연명의료계획서는 발급 시 비용이 발생할 수 있다 – 옮긴이)'라는 문서가 있습니다. 이러한 서비스는 유료지만, 비용을 지불하지 않고 자기 스스로 문서를 작성해도 됩니다.

펠릭스 발로통의 레드크로스 고원(The Fields, Plateau of Red Cross by Félix Vallotton), 1914

존엄한 죽음을 위해 유언을 적으면 반드시 가족에게 내용과 문서를 둔 장소를 알려주고, 만일의 경우 의사에게 제시할 수 있게 합니다. 서랍 깊숙이 넣어두면 아무런 효력이 없으니까요.

나카무라 나는 문서로는 작성하지 않았지만, 아들들에게 분명히 말하고 동의를 얻었으니 안심이 돼요. 어찌되었든 우선은 어떻게 죽고 싶은지 스스로 잘 생각해 보는 것이 중요하답니다.

그래서 연명치료를 하지 않기로 결심했다면 건강할 때 가족과 친척에게 확실히 전해서 동의를 받아야겠지요. 나는 오래전부터 단호하게 말해두었으니, 이제는 언제 쓰러져도 자연스럽게 저세상에 갈 수 있지요. 마음이 놓이네요.

혼자 맞이하는 죽음 괜찮다, 어차피 저세상에 갈 때는 혼자다

오쿠다 선생님은 늘 고독사도 전혀 두렵지 않다고 말씀하셨죠.

나카무라 맞아요. 고독사도 나에게는 아주 괜찮답니다. 누구에게도 폐를 끼치지 않으니까요. 얼마나 이상적이에요.

오쿠다 그렇게 초연하게 죽음을 받아들일 수 있다는 게, 정말 부럽습니다.

나카무라 그런가요? 다리가 부러지고 나서는 며느리에게 장을 봐달라거나 저녁을 부탁하기도 하지만, 하루 종일을 거의 혼자서 보내는 날이 더 많답니다.

그래서 언제 쓰러져서 죽어도 이상하지 않지요(웃음). 옆집에 사는 아들 부부에게는 '만약 내가 고독사하더라도 슬퍼하지 말라'고 당부했지요.

오쿠다 선생님처럼 생각하기 참 어려운 것 같아요. 세상은 고독사를 '외로운 것, 꼭 피하고 싶은 것'이라고 생각하니까요.

나카무라 그래요? 고독사만큼 깔끔한 죽음은 없는 것 같은데요. 입원을 하게 되면 절차상 이래저래 가족에게 폐를 끼치게 되지요. 또 집에만 누워있는 것도 큰 짐이지요. 그런데 어느 날 갑자기 죽으면 가족들의 수고를 두 번이나 덜 수 있잖아요.

오쿠다 역시 선생님은 처음부터 끝까지 독립적인 사고를 하고 계시네요.

나카무라 물론 가족에게 어떠한 폐도 끼치지 않고 죽음을 맞이한다는 것은 현실적으로 불가능해요. 사람은 태어날 때부터 다른 사람의 도움을 받으며 태어나니까요. 마찬가지로 세상을 떠날 때도 홀홀 사라질 수는 없답니다. 뒤처리도 필요하니, 비용은 미리 준비해 두었지요.

그리고 아들 부부에게는 집 안의 물건은 전부 버리고, 집도 새롭게 다시 지어달라고 했답니다.

오쿠다 거기까지 생각하고 말씀해 놓으셨군요! 그런데 정말 혼자서 떠나도 외롭지 않을까요?

나카무라 그럼요. 많은 사람에게 둘러싸여 보살핌을 받았다고 해서 그들과 손잡고 저세상에 함께 가는 건 아니잖아요.

오쿠다 그야 그렇죠. 가족들에게 빙 둘러싸여 임종을 맞이해도 저세상에 갈 때는 결국 혼자이니까요.

나카무라 그렇지요. 게다가 드라마에서처럼 죽기 직전까지 의식이 있어서 가족들과 작별 인사를 할 수 있는 사람은 실제로 매우 적답니다. 지금까지 많은 환자를 지켜봤지만, 임종하기 며칠 전부터 의식이 거의 없는 경우가 많아요. 반대로 조금 전까지 건강했던 사람이 갑작스레 상태가 안 좋아져서 가족들이 달려왔을 때는 이미 혼수상태에 빠지는 일도 빈번하지요. 이것 또한 고독사의 한 종류가 아닐는지요. 그래서 내가 고독사를 두려워하지 않는가 봐요.

오쿠다 '누구의 보살핌도 받지 않은 채 혼자서 죽음을 맞이한다'라는 부분만 보면 병원이 오히려 빈번한 고독사의 현장이 되겠네요. 잠자는 중에 스르륵 가고 싶다고 말하는 사람도 많은데요. 같은 맥락으로 수면 중 고독사라고 볼 수 있겠어요.

나카무라 아무래도 고독사라고 하면 사망 후 며칠이 지나고서야 발견된다는 안타깝고 쓸쓸한 이미지와 연결되는 거 같아요. 이를 방지하기 위해 사망 후 바로 발견되는 시스템이 마련되면 좋겠어요.

오쿠다 지금은 여러 회사에서 돌봄 서비스를 제공하고 있습니다. 그 서비스를 신청하면 사후 며칠이 지난 후에 발견되는 일은 막을 수 있다고 합니다. 그 밖에도 요즘은 모든 사람이 휴대폰을 가지고 있으니 얼마든지 방법을 찾을 수 있을 겁니다.

장례식이나 무덤은 어차피 남겨진 사람들의 몫, 죽은 후의 일은 생각하지 말자

오쿠다 그런데 선생님은 본인이 이 세상을 떠난 후의 일들도 가족들에게 미리 부탁해 놓으셨나요?

나카무라 부탁이라면?

오쿠다 예를 들어 무덤이라든가, 장례식이라든가 말이죠.

나카무라 아……. 그런 이야기라면 전혀 하지 않았어요! 그 부분은 가족들이 원하는 대로 알아서 하면 좋겠네요. 내가 죽은 후의 무덤이나 장례식에는 전혀 관심 없으니 마음대로 하라고 하지요.

오쿠다 역시 선생님다운 생각이시네요(웃음). '죽은 후의 일까지 내가 신경 쓸 필요가 있어?'라는 느낌입니다.

나카무라 바로 그거예요. 죽으면 그걸로 모두 끝이니까 그 후의 일을 염려한다 해도 시간 낭비일 뿐이지요.

오쿠다   저는 죽으면 가족들만 모여서 장례를 치르고 바다에 뿌려 달라고 부탁했습니다.

나카무라   역시 선생은 낭만적이네요.

오쿠다   무덤이 있으면 후손에게 폐를 끼치게 될 것 같아요. 옛날처럼 한 지역에서 대대손손 사는 사람이 적어졌고, 또 조상의 묘를 관리하기도 쉽지 않으니까요. 그리고 훗날 '이장'을 한다고 해도 꽤 많은 수고와 돈이 들어가니, 곤란을 겪을 수도 있고요.

나카무라   확실히 그런 경향이 있지요. 우리 집은 계속 가족끼리 오사카에 살고 있어서 생각해 본 적은 없었는데, 선산이 있는 곳과 사는 곳이 다르다면 조상의 묘를 돌보기란 쉽지 않겠지요. 앞으로는 무덤을 고집하지 않는 자세도 필요하겠네요.

결정했어요! 나도 아들에게 다시 말해야겠어요.

오쿠다   어차피 장례식이나 무덤은 남겨진 사람들을 위한 것이라고 생각합니다. 정신과에서는 가족을 잃은 사람을 위한 그리프 케어(소중한 사람과의 사별 후 심리적 회복을 돕는 서비스)가 유행하고 있는데요. 장례식이나 묘지 역시 그 일종 같습니다.

가족을 떠나보낸 후에 분주한 행사를 정기적으로 만들어냄으로 가족의 상실을 달래면서 치유하고 있었던 게 아닐까요?

나카무라 그럴지도 모르겠네요. 49재나 몇 주기 같은 날, 고인의 명복을 비는 의식이나 모임을 가짐으로 고인을 잃은 슬픔을 서로 위로했을 수도 있겠네요.

오쿠다 그런데 요즘은 여성들도 일하는 추세이고, 고향에서 떨어져 사는 사람도 많습니다. 그래서 예전의 장례 의식이 자손들에게 부담이 되는 것 같습니다.

나카무라 어쨌든 내가 죽은 후의 일은 후손이 편한 대로 맡기는 것이 가장 좋은 것 같습니다. 죽으면 모든 것이 없어지니, 무덤이 있든 없든 죽은 사람에게는 아무런 상관없답니다. 나는 죽은 후의 일까지 걱정하면서 스트레스받고 싶지 않아요.

오쿠다 그러네요. 지금까지 이야기했듯이 살아있는 것만으로도 많은 스트레스에 둘러싸여 있습니다. 그런데 죽은 후의 일까지 걱정하게 되면 더 많은 스트레스 상황에 놓일 겁니다.

종교관은 개인 고유의 영역이므로 일률적으로 말하기

는 어렵지만, 뒤에 남는 세대가 부담스럽지 않도록 '나머지는 맡겨두는 것'이 가장 좋겠습니다.

나카무라 그렇지요. 물론 분쟁이 일어날 게 뻔한 일은 미리 정리해 두어야지요. 나중에 후손이 곤란한 상황에 처하면 안 되니까요. 하지만 그 밖에 장례 같은 일은 모두 맡긴다고 전해두는 편이 좋겠어요. 그렇지 않으면 돌아가신 부모님께 죄송하다며 무리하는 자식도 있기 마련입니다. 따라서 이 부분은 확실히 말로 전해야 한답니다.

오쿠다 저 역시 좀 더 구체적으로 가족들에게 이야기해 두어야겠네요(웃음).

죽은 나를 기억하고 그리워하는 이들은 고작해야 손자 세대까지입니다. 그 이후로는 그저 조상의 한 사람일 뿐이죠. 그러므로 후대의 부담이 되는 일은 되도록 피하고 싶습니다.

자손을 위해 기름진 땅을 사지 않는다,
자식에게 남겨야 할 것은 돈이 아니라 지혜!

오쿠다 그런데 나카무라 선생님은 자식들에게 무엇을 남겨주
고 싶으신가요?

나카무라 나는 특별한 유산은 없고 조금 있는 재산을 아이들끼
리 똑같이 나누라고 미리 말해뒀지요. 그리 큰 금액은
아니에요. 원래부터 자식에게 재산을 남겨줄 생각은
손톱만큼도 안 했어요. 오히려 유산이 없는 편이 자식
들에게도 도움이 된다고 생각했답니다.

오쿠다 저 역시 크게 공감하는 부분입니다. 이전에 진찰한 환
자 중에서 부모님 유산으로 해외에 나가서 한 달
에 천만 엔을 썼으며, 그렇게 흥청망청 돈을 써
서 어느덧 모두 탕진해 우울증에 걸린 사례가 생
각납니다. 억대의 유산을 상속받은 환자였는데 그렇
게 마음껏 쓰면 순식간에 없어져 버리죠.

나카무라 그렇군요. 예로부터 부모가 자식에게 너무 많은 돈이
나 자산을 남기면 꼭 그 돈이 문제를 일으키지요. 돈을
버는 수고를 모르는 사람에게 갑작스레 큰돈을 주면

순식간에 전부 써 버린답니다. 이런 패턴은 예나 지금
이나 마찬가지네요.

그래서 처음부터 내가 번 돈은 아이들이 자립할 능력
을 갖추는 데 사용하자고 정했지요. 그렇게 교육에 있
어서는 아낌없이 지원해 주었답니다.

오쿠다   부모는 돈을 물려주기보다 자녀가 독립적으로 살 수
있는 능력을 키워주는 게 중요합니다. 그러려면 교육
외에도 인간관계나 사회생활에 도움이 되는 기술을
가르치는 시간을 갖는 게 좋겠습니다. 공부를 잘해도
이런 기술이 부족하면 사회에 나갔을 때 우울하거나
적응하지 못하는 경우가 있기 때문이죠. 저도 그런 환
자들을 상담한 경험이 있습니다.

나카무라   그래요. 중요한 것은 얼마나 유연하게 '이 세상을 헤쳐
나갈 수 있는가'랍니다.

오쿠다   선생님은 자녀들에게 어떻게 알려주셨나요?

나카무라   일단 아이들과 함께 충분한 시간을 보냈어요. 또
아이들이 스트레스를 받아 도움을 요청하면 바
로 응해주었지요. 스트레스에 대처하는 방법은 교
과서에는 나와 있지 않으니까요. 물론 아이 성격이나

처한 환경에 따라 달라지겠지요. 그래서 옆에서 잘 지켜보고 언제든지 이야기를 들어줄 분위기를 만들려고 노력했던 것 같아요.

오쿠다 먼저도 말했지만, 드디어 큰 아이가 대학생, 작은 아이가 고등학생이 되었거든요. 지금까지 아이들과 함께 하는 시간을 소중히 생각하고, 가능한 한 함께 많은 시간을 보내려고 노력했습니다.

아들이라서인지 먼저 다가와서 말하지는 않지만, 아이를 지켜보면 알게 되는 때가 오더군요. '아, 오늘은 왠지 표정도 별로고 이상하게 행동하는 거 같은데'라며 느낌이 딱 옵니다.

그 타이밍을 놓치지 않고 함께 시간을 보내면 자연스럽게 아이가 먼저 "엄마, 나 이런 일이 있었는데⋯⋯." 라고 말문을 여는 일이 종종 있었습니다. 덕분에 아이가 학교생활에 겪은 여러 가지 문제를 함께 해결할 수 있었죠.

나카무라 그랬군요. 부모가 아이의 힘듦을 아는 것은 매우 중요해요. 그때를 놓치지 않으면 부모가 아이의 모든 일에 관여하지 않아도 아이들은 저절로 쑥쑥 자라나지요.

오쿠다   이 또한 선생님이 알려주신 방법입니다. 큰아이가 돌도 되지 않았을 때 선생님과 만나 이런저런 고민을 이야기했죠. 그때 선생님께서 '환자에게는 많은 의사가 있지요. 하지만 아이에게 엄마는 한 명뿐입니다. 그러니 지금은 일보다 아이를 더 우선으로 생각하고 소중히 대해주세요'라는 조언을 받았습니다.

나카무라   내가 그랬나요(웃음)? 아이는 부모의 여러 가지 '삶의 기술'을 보고 배우면서 성장하지요. 그래서 되도록 아이들과 함께 보내는 시간을 늘리라고 말하는 거지요. 물론 나도 아이가 초등학생이었을 때 친정 부모님에게 아이를 맡긴 적이 있어요. 그때 아이들에게 꽤 외로운 기억을 심어준 것 같아서, 지금도 유일하게 후회되는 일이랍니다. 둘째 아이가 내 옷자락을 잡고 "엄마 일하러 가지 마. 엄마 일하는 거 싫어."라며 엉엉 울던 얼굴은 지금까지도 잊을 수가 없답니다.

오쿠다   보육 시설도 충분하지 않았던 시대에 선생님은 남편 몫까지 일해야 했으니 어쩔 수 없었겠네요.

그래도 선생님은 그 상황에서도 당직실에서 아이들에게 전화하는 등 최선을 다해 아이들을 돌보고자 노력하셨다고 생각합니다. 덕분에 자녀들도 훌륭한 사회인으로 성공할 수 있었던 거겠죠. 저는 육아와 일을 병행하는 워킹 맘에게 자주 하는 말이 있습니다. 자녀를 양육할 때 비교하지 않는다, 초조해하지 않는다, 너무 애쓰지 않는다. 이 세 가지 '않는다'의 자세를 가지라고 조언합니다. "자녀를 양육할 때는 다른 사람과 비교해서 초조해하지 않으며, 아이들 일에는 가능한 많은 시간을 투자합시다. 육아에 시간을 쓰느라 마음먹은 대로 일이 잘 풀리지 않더라도 몸과 마음을 무리하며 너무 애쓰지 맙시다. 그리고 아이가 부모의 손길을 더는 필요하지 않게 될 때까지는 마음을 굳게 먹고 아이와 함께하는 시간을 충분히 가집시다."라고 이야기하죠.

나카무라 '비교하지 않는다, 초조해하지 않는다, 너무 애쓰지 않는다'라는 것이지요? 선생은 멋진 말을 참 잘하네요.

오쿠다 이러한 말은 선생님을 비롯한 훌륭한 선배 엄마들에게 전해 받은 조언을 정리한 것뿐입니다.

저 또한 아이들을 키울 때 일이 생각대로 되지 않아서 수많은 고민으로 하루하루를 보내거나 초조해했었는데요. 이 말을 마음의 나침판으로 삼아 극복할 수 있었습니다. 그리고 아이들에게 최대한 가까이 다가가려고 노력한 덕분에 아이들이 강하고 씩씩하게 자라난 것 같습니다.

나카무라 네, 그걸로 이미 충분해요. 예로부터 자손을 위해 기름진 땅을 남기지 않는다는 말이 있지요. 이렇듯 중요한 것은 세상을 살아갈 지혜와 근성을 몸에 익힐 수 있게 돕는 것이랍니다.

마지막 배려,
주변 사람에게 내 의사를 확실히 전달하자

오쿠다 선생님, 어느덧 마지막 이야기네요. 나이로는 누구에게도 밀리지 않을 만큼 오래 사셨는데요. 마지막으로 선생님보다 젊은 사람들에게 한마디해 주시죠.

나카무라 음, 나이가 든다는 것은 점점 스스로 자기 몸을 움직일 수 없게 되는 것이구나 하고 절감하고 있답니다. 바로 몇 년 전에도 생각하지 못했지요. 그런데 이제는 몸에 힘이 마음대로 들어가지 않게 되더군요. 평평한 길을 평범하게 걷고 있는데 내 다리에 내가 걸려서 넘어진 적도 있어요. 횡단보도를 다 건너기도 전에 빨간 신호로 바뀌는 일은 다반사지요.

다리뿐만이 아니에요. 손에 힘이 없어서 음료수병 뚜껑을 스스로 열 수 없게 되고, 적은 양의 짐도 들 수 없게 되지요. 이렇게 혼자서 할 수 있는 일이 점점 줄어들고 다른 사람의 도움을 받아야 하는 일이 자꾸 늘어만 가지요.

오쿠다 노쇠해지셨네요.

나카무라 맞아요. 지금까지 혼자서 할 수 있었던 일, 걷기, 계단 오르내리기, 물건 들기, 물건 조작하기 같은 일을 점점 할 수 없게 되는 거지요. 게다가 천천히 진행되는 것이 있으면 갑작스레 어느 날 아침부터 할 수 없게 되는 일도 있답니다. 아무것도 없는 평평한 길에서 갑자기 넘어졌을 때는 나도 매우 깜짝 놀랐지요.

오쿠다 갑작스럽게 급격히 약해지기도 하는군요.

나카무라 그래서 나보다 젊은 사람들에게 전하고 싶은 말은 말이지요. 몸을 마음대로 움직일 수 있을 때, 하고 싶은 일이 있다면 미루지 말고 많이 해두라고 진지하게 전하고 싶어요. 나이가 든다는 것은 지금까지 말했듯이 좋은 면도 있지만, 반대로 내 몸의 자유를 점점 잃어간다는 것을 의미하니까요.

오쿠다   그러네요. 지금 할 수 있는 일을 해두라는 말씀이군요. 선생님은 하고 싶은 일은 충분히 하셨나요?

나카무라   하고 싶은 일은 대부분 했지요. 일도 넘칠 정도로 했고 자식들, 손자들에게도 할 수 있는 건 전부 해줬지요. 가고 싶은 곳에도 갔고, 만나고 싶은 사람도 만났답니다. 게다가 명의 변경이나 재산 처분 같은 현실적인 것도 몸을 움직일 수 있을 때 전부 해두었지요.

오쿠다   나중에 후회 없도록 미루지 말고 생각나면 바로 해야겠어요.

나카무라   그렇지요. 특히 혼자서 하고 싶은 일, 혼자서 해야 하는 일은 뒤로 미루면 절대로 안 돼요!

그리고 하나 더 중요하게 해야 할 일이 있어요. 앞서 연명치료에서도 이야기했듯이 제대로 사고하지 못하게 되어 스스로 판단할 수 없게 되는 일도 생각해야 해요. 그래서 앞으로 일을 정하여 주변 사람에게 내 의사를 확실히 전해둬야 해요.

요즘엔 가족과 함께 양로원이나 요양원을 둘러보고 있답니다. 이대로 집에서 고독사하지 않는다면 마지막은 시설에서 보내기로 결정했고, 이러한 내 마음을 가족들도 이해하고 있지요.

오쿠다 좋은 방법이네요. 내가 어떤 식으로 인생의 마지막 장을 보내고 싶은지 구체적인 이미지를 그려보고, 그 생각을 가족과 함께 공유하는 것이군요. 앞서 이야기 나눈 존엄사 선언서도 포함해서 꼭 해야 하는 일이네요.

나카무라 자기 손과 발, 머리가 더는 내 마음대로 움직일 수 없게 되었을 때를 대비하는 거지요. 되도록 가족들이 곤란하지 않도록, 걱정하지 않도록 준비해 두는 것이 내 마지막 배려이며, 지금까지 살아온 인생의 끝맺음이라고 생각해요.

오쿠다 역시 선생님은 마지막까지 정갈하시네요. 저도 눈앞에 다가온 실버 세대의 반열에 오르기 전에 선생님의 92년간의 경험으로 얻게 된 메시지를 마음에 새겨두고 싶습니다.

50대인 지금부터 죽기 전에 되도록 후회가 없도록 하

고 싶은 것, 해두고 싶은 것을 최대한 즐겁게 그리고 마음껏 실천하고 싶습니다. 게다가 자기 인생의 막을 내리는 일에 대해서도 가족과 솔직한 대화를 나눠야 겠습니다.

이번 책에서는 누구나 피해 갈 수 없는 '늙음'에 대해 이야기했습니다. 나카무라 선생님의 솔직한 의견을 들어보면서 속마음이 담긴 의미 있는 대담을 할 수 있 었습니다.

세대가 서로 다른 선생님과 각자의 입장에서 정신과 전문의, 여성으로서 이야기를 나눈 내용이 여러분에 게도 도움이 되면 좋겠습니다. 긴 시간 우리 이야기를 들어주어서 고맙습니다.

빈센트 반 고흐의 협죽도가 있는 정물(Oleanders by Vincent van Gogh), 1888

'인생의 마지막'에서 일어나는 여러 가지 일을 주제로 솔직 담백하게 이야기를 나누었습니다. 어떠셨나요?

선생님은 지금 인생의 바로 마지막 무대에 올라 계십니다.

이 책의 집필을 시작한 2020년 1월, 나카무라 선생님은 자택 앞에서 넘어져 대퇴골경부가 골절되었습니다. 이를 계기로 90세 나이에도 정신과 전문의로 근무하던 병원을 그만두실 수밖에 없었습니다. 하지만 나카무라 선생님은 수술 후 놀라운 회복력으로 지팡이를 짚고 움직일 수 있게 되었고, 퇴원하고 나서는 집으로 돌아와 집필에 몰두하셨습니다.

주 3회 방문하는 도우미와 옆집에 사는 장남 부부가 선생님의 살림을 도와주었고, 텔레비전을 보거나 책을 읽는 등 여유

로운 시간을 가지셨습니다. 때로는 이 책의 내용을 논의하기 위해 서로 이메일이나 전화를 주고받으며 하루하루 일상을 보내셨습니다.

이렇게 평화롭고 여유로운 시간이 계속되는 줄 알았는데, 8월 중순의 일입니다.

갑자기 온몸의 힘이 빠진 선생님은 일어서지 못한 채 병원에 실려 가게 되었습니다. 그리고 재입원했습니다. 특별히 골절은 없었던 것 같은데, 전신 근력 저하가 진행되어서 지팡이에 의지하여 거동하는 것도 힘들어졌습니다.

장남 부부가 흔쾌히 "앞으로 우리가 어머니를 모실게요."라며 자택에서 요양할 것을 계획했지만, 나카무라 선생님은 노인 요양시설에 들어가기를 자처하셨습니다. 옛 직장에 직접 전화를 걸어서 입소 절차를 밟으신 후, 그쪽으로 거처를 옮기셨습니다. 지금은 그 요양시설에서 재활과 요양을 하며 하루하루를 보내고 계십니다.

나카무라 선생님은 이메일을 통해 노인 요양시설에 입소하게 된 진행 과정을 알려주셨습니다. 지금부터 여러분에게 그 일부를 소개하겠습니다.

이미 아흔한 살이기에, 나의 의사로 입소할 수 있는 시간은 지금밖에 없다고 판단했습니다. 그렇게 스스로 요양병원에 입소를 결정했답니다. 병원에 전화해서 병원을 옮기는 전원 절차도 직접 신청했지요.

시설에서 지내다가 인생의 마지막을 맞이하고 싶다는 엄마의 말에, 아들 부부는 어떻게 받아들였을지, 아이들의 마음에 엄청난 부담을 주고 말았지요. 하지만 내가 늙고 약해지는 모습을 아들, 며느리, 손자에게 보여주고 싶지는 않았답니다. 그렇게 아이들을 힘들게 하고 싶지 않았어요.

나의 마지막 바람이자 자존심일까요. 그저 늙은이의 시시한 고집일 뿐이지요.

나카무라 선생님은 손주 여섯의 사랑을 받으며, 인생의 마지막 무대는 요양시설에서 보내기로 직접 결정하셨죠. 이것이야말로 근사한 '마지막 배려, 인생의 마무리'인 것 같습니다.

참으로 멋지고 간결하게 인생의 마지막을 향해 독립된 행보를 보이는 나카무라 선생님과 이 책을 함께 쓸 수 있었던 시간이 정말 소중했습니다.

이런 과정을 통해 완성한 이 책이 여러분의 계속될 인생이라는 마음 여행에 소소한 불빛이 되길 바랍니다. 끝까지 읽어주어서 매우 고맙습니다.

마지막으로 이 책 집필에 있어 따뜻한 지원과 노력을 기울여주신 나카무라 마사히코 선생님과 마리 님 부부에게 진심으로 감사 인사 전합니다.

2023년 가을, 오쿠다 히로미

옮긴이 **박은주**

일본 도시샤대학 대학원에서 심리학 박사과정을 수료했다. 주된 관심 분야는 인지 및 정서 심리학이며, 한국인과 일본인을 대상으로 정서의 개념 구조를 연구해 왔다. 옮긴책으로는《감정의 철학 수업》이 있다.

나이 듦을 받아들일 때 얻는 것들

초판 1쇄 인쇄 2023년 9월 5일 | 초판 1쇄 발행 2023년 9월 25일

지은이 나카무라 쓰네코, 오쿠다 히로미 | 옮긴이 박은주
표지 및 본문 그림 artvee.com(자유 이용 저작물)

펴낸이 신광수
CS본부장 강윤구 | 출판개발실장 위귀영 | 디자인실장 손현지
단행본개발팀 김혜연, 조문채, 정혜리, 권병규
출판디자인팀 최진아, 당승근 | 저작권 김마이, 이아람
출판사업팀 이용복, 민현기, 우광일, 김선영, 신지애, 허성배, 이강원, 정유, 설유상, 정슬기,
  정재욱, 박세화, 김종민, 전지현
영업관리파트 홍주희, 이은비, 정은정
CS지원팀 강승훈, 봉대중, 이주연, 이형배, 전효정, 이우성, 신재윤, 장현우, 정보길

펴낸곳 (주)미래엔 | 등록 1950년 11월 1일(제16-67호)
주소 06532 서울시 서초구 신반포로 321
미래엔 고객센터 1800-8890
팩스 (02)541-8249 | 이메일 bookfolio@mirae-n.com
홈페이지 www.mirae-n.com

ISBN 979-11-6841-645-1 (03830)